既谋生亦谋爱

涂梦珊 著

中国工人出版社

图书在版编目（CIP）数据

既谋生亦谋爱 / 涂梦珊著. —北京：中国工人出版社，2023.5
ISBN 978-7-5008-8172-8

Ⅰ. ①既… Ⅱ. ①涂… Ⅲ. ①故事 – 作品集 – 中国 – 当代 Ⅳ. ①I247.81

中国国家版本馆CIP数据核字（2023）第062037号

既谋生亦谋爱

出 版 人	董　宽
责任编辑	魏　可
责任校对	张　彦
责任印制	栾征宇
出版发行	中国工人出版社
地　　址	北京市东城区鼓楼外大街45号　邮编：100120
网　　址	http://www.wp-china.com
电　　话	（010）62005043（总编室） （010）62005039（印制管理中心） （010）82027810（职工教育分社）
发行热线	（010）82029051　62383056
经　　销	各地书店
印　　刷	北京市密东印刷有限公司
开　　本	880毫米×1230毫米　1/32
印　　张	7.25
字　　数	155千字
版　　次	2023年5月第1版　2023年5月第1次印刷
定　　价	45.00元

序

十几年来，我的工作主要是跟女性打交道，从配音到声音教学，从读书会到读者见面会，我的客户、学员、读者都以女性为主，比例至少在90%以上。因为我比较善于表达，有些观点还讲得“头头是道”，所以常有女性朋友在课后、会后单独约我交流，话题有职场困惑，也少不了情感困扰，甚至还有隐秘故事。

我常常思考，她们为什么愿意倾诉？是被书中的内容打动了吗？还是我具备什么特殊的亲和力？或者是因为我离她们生活的圈子比较远？

2020年初，一次读者见面会后，有位娃娃脸的女孩留下来跟我交流：“涂老师，书里面有个故事跟我的经历特别像，还以为写的就是我。但我从来没对人讲过这些事啊，读到最后，才发现有些不同。”

“是吗？这么巧？”当我了解到她的经历后，不禁吓了一跳。她一张娃娃脸，一口娃娃音，跟故事中女主角叛逆的形象完全不同。不过旁边还有人，我不便多问，便继续听她讲。

她继续道：“要是我早知道这些故事，也许就不会踩到‘坑’

里去了。唉，有的道理可能父母不方便跟我讲，外人呢又懒得说，大家都觉得我保持傻乎乎的状态比较可爱。可是，人总要长大的啊，你看我马上都三十了，才刚刚明白一些‘人事’，唉！”

“人事？”

“哈哈，这是我自己编的词，就是人长大后应该懂得的社会规则之类的。”

“要是早知道”，这是我们生活中常见的句式，包含了多少无奈！近六年来，我访谈了一百多位女性，用过这个句式的可不少。

“好的，那我的下本书，就专写年轻女孩要躲避的那些‘坑’，好不？”

“没错，涂老师，你一定要写。现在这本书里面，最吸引我的就是这些踩‘坑’的故事了，读得特过瘾。”

“不担心知道了太多这些‘坑’会让你对这个世界很没信心吗？接触多了负面信息容易产生抑郁情绪啊。”

“不会，不会，我已经不是小朋友了，要的就是从这些负能量故事当中找到自己的正能量啊。故事越负能量，越‘丧’，我就越爱读它。就跟电影电视剧一样啊，屏幕上打打杀杀的，现实中反而平平安安的。如果都是些春花秋月的故事，不成童话了吗？我就是从小很听话，被爸妈养在温室里，才对成人世界一无所知，所以才会踩到‘坑’里去。你书里面提到的‘坑’越多，就对我们越有用。”

“我的理解是这些故事就像疫苗一样。疫苗也是一种病毒，不过它的作用是激发免疫系统的活力，从而抵御真正有杀伤力的外部病毒。我写的这些故事，大概相当于‘社会疫苗’吧。”

“没错，涂老师，我就是这个意思，‘社会疫苗’这个说法还挺应景呢。”

于是我就把“社会疫苗”四个字写进读者分享会的PPT中。从后续的读者分享会的现场气氛来看，大家对于“坑”的故事和“社会疫苗”这个概念都非常认可，甚至有人说这些故事就是面向当代女性的“三言二拍”。于是我更加坚定信心朝这个方向持续写下去。

我出版的《明白》一书中，探讨的年轻女性要躲避的“坑”有：“遇贵人”“甜言蜜语”“潜力股”“妈宝男”“盲目创业”“全职太太”。读者一看标题便知道讲的是什么，举例比较简单，有的故事短短几句话讲个大概就结束了。本书以故事讲述为主，尽量表达角色自己的想法，让读者自行判断并得出结论。这么做有个好处，故事素材不必拘泥于篇幅，也不必条块分类，娓娓道来即可，读者也可以了解更多没有经过刻意修饰的、更贴近现实的故事。

白话杂文的诞生迄今已有一百多年的历史，这会给人一种错觉，该讲的道理都讲过了，说教式文字想要激起读者的共鸣越来越难。大家都是成年人，受过长期教育，早已对生活中的是非曲直形成了自己的评判标准。“太阳底下无新事”，讲的就是相似的价值观之下，看待事件的逻辑大体相似。这也是我认为不对故事里的“坑”进行总结归纳，也不会“带坏”读者的原因。世间的道理大体相似，然而故事细节却千变万化。只要人类持续繁衍，生活一直进展，作为故事原型的生活中的“坑”也会不断变化，“避坑指南”之类的文字也就跟“反诈骗指南”一样，有必要一直写下去。

在素材采集以及写作过程中，我发现女性朋友们关注的重点高度相似，几乎都可以归结为两个方向：一个跟情感相关，这个非常好理解，没有情感故事几乎不能被称为女性文学；另一个跟工作相关，跟赚钱、花钱、创业、经济条件、财务状况相关，这也是最容易踩到“坑”的方向。所以，我给这本书命名为《既谋生亦谋爱》，同样可以很好地囊括这些女性的故事，且说教感弱化了不少。

这本书既讲述踩“坑”、避“坑”的故事，也讲述一些“正常”故事，虽然不那么“八卦”，但点缀其中可以调节氛围、形成对照，从而催人奋进。

其实书中各个故事的女主角生活态度大多比较积极。如《女汉子养成记》讲的是大龄单身女青年独自解决生活中的难题，还要跟不称职的物业作斗争。《半只烤鸭》讲的是一家三代女性都比较倔强，不向生活低头，但又患得患失，怕丢面子。《“第三次投胎”》讲的是女主角喜欢攀比，心有不甘，但目标主线还是努力实现自己的价值。

书中有几位女性来自乡村或小镇，她们在进入大城市后会有那么一个阶段表现出不自信、不适应，甚至还会做错事。比如《瑞贝卡返乡记》的瑞贝卡，《和老板娘做朋友》中的舒平，《连续创业者》中的九九，《半只烤鸭》中的子涵等。她们跟从小生活在大都市的女性相比，给人的感觉更拼、更激进。有过类似经历的读者在阅读这些故事时会更有共鸣，而其他读者则能通过这些故事了解如何更好地与这个类型的女性打交道。

有的女性不但对自己要求高，还将严格的要求强加于家人身上。当下有个网络热词叫“鸡娃”，一般来说“鸡娃”的风险不算大，结果最差顶多是孩子学习成绩不够好，上不了更好的学校。但“鸡”老公的风险极大，这是一个大“坑”。《进取心》就是过度“鸡”老公而导致婚姻破裂的例子。《“杀猪盘”》中的女主角遇到了另一个大“坑”，就是有人利用甜言蜜语、伪装的财富和地位骗取女性的钱财。人的性格是极难改变的，改变他人不如改变自我来得直接，最好的办法还是选对人，或者放弃不切实际的幻想，基于当下，踏踏实实做好眼前的事。

也有的女性对伴侣非但没有要求，还百依百顺，这同样是个“坑”。《门事》讲述了一个很有才华的漂亮女孩接连遭遇“妈宝男”和地方陋习两个大“坑”的故事。通过这些故事，想告诉女性朋友们要自信，不要因为对方的一两个优点，就让自己“低到尘埃里”去。

《中秋夜话》《“女到中年皆微商”》描写了几位向熟人推销商品的女性。相信许多人都遇到过这样的“微信好友”，不管你愿不愿意，就给你发一堆商品信息过来，未经本人允许就把你强制拉到微信群里一阵推销；还有半生不熟的朋友，约你喝咖啡，事先也不告知有什么事，谈到最后结果发现是推销保健品的。熟人营销也是个大“坑”，为了一点儿蝇头小利，破坏了人与人之间的基本信任，是对亲朋好友资源的极大透支。而同样是人到中年，《中年危机》中的海燕没有结婚，没买房，四十岁生日刚过就面临失业。同样面对重新开始，有的人无所畏惧，而海燕却仿佛遭遇世界末日一般，人与人之间的差异就是那么大。

一个人经常遇到“坑”，说明他多多少少存在一些认知缺陷，或者说价值观有待修正。这也非常符合我们当下的生活现实，许多人的头脑中具备理论上应该拥有的优秀品质，却在实践中磕磕碰碰，都有那么点儿“小毛病”，喜欢走捷径。

最后还要说明的是，讲述“坑”的故事的目的是避“坑”，方便读者朋友们将它们与生活现实相对照，避免将来陷入类似的困境中。倘若有人还能从中学出坏来，那真是大大的不幸。好比侦探故事的初衷绝不可能是教人犯罪。警方公布骗子的行径，也绝非教新骗子学骗术。期待读者朋友们以轻松的心态阅读，甄别故事中的大“坑”小“坑”，让阳光正向的观念在心中落地生根。

目　录
Contents

进取心

人之初

“明波，我们去上海会过得幸福吗？”李莎靠在他肩上问道。

“应该会的。”明波答。

“什么叫应该会啊，我要的是一定会。”她需要确定的答复，而且是加强的确定性。

“嗯，我们一定会幸福的。就像童话故事里，公主和王子永远幸福地生活在一起。”明波加强了语气，他刚刚学会恋爱话术，第一次使用就奏效了。李莎躺在草坪上望着天，笑容洋溢在脸上，仿佛一切都已成现实。憧憬永远比现实更有吸引力，女人最需要也最容易满足的是希望。

现实也不差。生活多美好，济南四月的气温已经回升到二十多摄氏度，草坪上长出了整齐的嫩芽，周边开满了各式花朵，蜜蜂和蝴蝶环绕着，洪楼教堂的哥特式尖塔群像射向未来的箭一样指向蓝天。李莎觉得自己是校园里最幸福的人，明波是电子系学生会主席，而李莎则是校辩论队最佳辩手，多优秀的组合啊！他们大一时就在一起了。其他同学要么没有她的明波聪明，要么不如她李莎漂亮，要么不能像他们一样毕业后去最好的城市工作生活，虽然这聪明、漂亮以及最好的城市都源于她自己的定义。选择就业城市时，他们几乎没有考虑其他选项，明波是浙江舟山人，家族里多数年轻人都在上海工作，他要去上海，李莎自然也跟着去，难道还有更好的选项吗？

大学四年里不乏挖墙脚的同学，有高年级的学姐，也有比李莎小的学妹，甚至还有同班的同学，可都不是李莎的对手。并非李莎有多大的魅力，而是她与明波之间达成了一种极稳定的平衡态，他们就像是学生这个品类中最稳定的化合物一样，没有特殊的催化剂是很难把他俩拆分开的。他们同班，每天早中晚一同打饭、打开水，同桌上课，同桌自习，外人很难找出他们的空当来。李莎一天见不到明波就心里不踏实，仅此而已。总有人说没经验的情侣抵挡不住外界的诱惑，但激情更加敌不过习惯的壁垒，何况李莎和明波从未进入倦怠期，他们想要找个消失在同学视野中的周末都蛮难的。理工科作业多，辅导员每晚都来查房，无法做到夜不归宿，恋人之间想找个单独相处的小半天时间来消磨那如饥似渴的冲动都相当不容易，外人就更没机会插上一脚了。

明波外表上乍一看挺普通的，他既不是篮球队的明星，也不算奶油小生，搁在人群中一点儿也不显眼。不过男人是要多看几次才顺眼的，他们是同学，李莎便有充足的时间看明波无数眼。明波在学习上比较用功，女同学们都喜欢向他请教，李莎也不例外。明波大学四年一直担任电子系学生会主席，几百人当中的头头儿，大小算个“官”了，男人有点儿影响力就会变得性感起来，哪怕是在校园里。作为一名成绩优秀的男生，参与集体事务时话又不多，就比较讨喜。李莎是毫无争议的班花，所以他们就像阴阳两极，相互吸引，入学后没几个月就确定了男女朋友关系。

四年的大学生活说来时间很短，但在记忆中往往比未来四十年还要长久。否则人们怎么会乐此不疲地提到母校，还要举办无数次同学聚会呢？时间在人心中的分布肯定是不均匀的，年轻时觉得遥遥无期，中年后却觉得光阴似箭。同理，李莎觉得她和明波的爱情，在大学的时光至少要占去一半份额才对。这也不奇怪，毕业后他们要操心的事太多，感情比重自然要大幅下降。

上海是中国最适合女性生活的城市，李莎第一次去就爱上了这里。从上海火车站出来的那一刻，她感觉脚下的土地都在发烫。当然这只是心理感受，春天的气温刚刚好，前一天才刚刚下过雨，空气里的负离子也很充足。他们的目的地是南昌路上的科学会堂，这里正在举行一场面向对大学生的招聘会，建筑的式样和他们学校的非常类似，南边也有个大草坪，那是复兴公园。

他们逛了很多家摊位，单位都说只招上海人，确切地说是要求有上海户口。

“上海户口？我们学校也是全国重点大学，你们把我招过来，我不就有上海户口了嘛！”李莎说道。

“哎呀，这位小姑娘，你是外地人吧？什么全国重点大学，在上海不管用的。你要入上海户口，就要去找政府机关、事业单位啊，还有那些国有大型企业，比如宝钢啊上汽什么的。我们是中小企业，哪里有户口指标啊。”

“哦，可是今天并没有政府机关和事业单位、国企来招人啊。”

“当然不会有啊，这样的单位大家挤破头都进不去，怎么会来这里摆摊啊？小姑娘，你读的不是上海的大学吧？那么要进上海这样的单位是比较难的，除非他们去你们学校招人。”

“那你们中小企业为什么还要求上海户口呢？”作为曾经的最佳辩手，李莎总能把反问句用得恰到好处，既击中关键点，又不至于让对方拒绝回答。

“上海人才会安心留下来工作啊，外地来的大学生，在上海连个稳定住所都没有，干两个月就跑了怎么办啊？再说了，现在上海的大学生都找不到工作，我们为什么要招外地人啊，劳动关系什么的都不好办。”

他们在会场里兜了一圈，实在寻不到什么机会，就回到火车站附近找了一间小旅馆住下。

“工作这么难找，你们家的亲戚都是怎么留在上海的啊？”李莎问道。

“他们都是考上海的大学，毕业分配留下来的。”明波当初去济南读大学，一家人都后悔填错了志愿。

“可是我们已经在班里夸下海口，一定要到上海工作。”

“要不我们先不考虑上海户口，看看有没有什么外企招人？”明波提议道。

“没有户口，将来很多手续都没法办啊。”

“不一定的，我们同学里不是有去广州宝洁的吗？宝洁可以协办广州户口，上海应该也有类似的外企。而且外企待遇好啊，宝洁公司每个月单算租房和餐饮补贴就有四千多块呢。浦东开发快十年了，我相信也有机会。”

“上哪儿去找外企呢？”

“我们可以买上海当地的报纸，看看有没有招聘广告。”

晚上，他们来到火车站广场，有个报摊的老太太叫喊道：“Yapao，Yapao，新民Yapao。”他们听了半天，又看了看她手上的样报，才确定老太太喊的是“晚报，晚报，新民晚报”，于是买了一份带回房间去仔细看。

“哎呀，这个老太太真坏，把昨天的报纸卖给我们了。”明波发现报纸的日期不对。

“没关系啊，没看过的报纸就是新的。在别的摊位想买前一天的报纸可能还没有呢，我们等下还可以再去买份今天的，这样获得的招聘信息不是更多了吗？”

“有道理。”这种感觉就像流浪汉发现捡来的馒头里有虫子，安慰自己增加了蛋白质，闭着眼睛吞下去。明波又去街上买了几份报纸，他们按招聘广告上的要求寄出了十几份简历，第二天继续参加各种招聘会、买报纸。几天后，他们竟然分别找到了有意向的外企。

“五一”小长假快到了，新世纪也即将来临，干净整洁的南京西路两侧摆放着各式鲜花，成了一条鲜花大道，这是他们第二次来到上海。李莎接受面试后从大厦走出来，望着马路对面展览中心楼顶的红五星，心情好极了，她觉得眼前的一切都是为自己准备的。明波的面试也通过了，他应聘的公司在淮海中路。兴奋之余，他俩来到外滩边，望着对岸熠熠生辉的金茂大厦，不免心潮澎湃：未来是属于他们的，上海也是属于他们的。

游逛一圈后，李莎陪同明波到淮海公园边的曙光医院取体检报告，一切正常，明波的Offer自动生效了。

李莎道："淮海路好热闹啊，我们别住火车站了，今晚就住这里吧。"

在医院门口，明波问保安道："大叔您好！请问这附近有宾馆吗？"

结果保安大叔一脸不耐烦地回道："宾馆？什么宾馆！淮海路上不都是大宾馆吗？你们去住啊，你们去住啊！"

李莎不知这位大叔究竟遇到了什么不顺心的事，以至于面对陌生人问路都粗声粗气的，忙拉着明波离开。他们在淮海中路上兜了一圈，也没有找到一处住所。

"这人什么毛病啊，我们就问个路，他至于吗？什么淮海路上都是大宾馆，结果除了商场就是写字楼，哪有什么宾馆、酒店啊？那保安大概没逛过淮海路，也没住过什么好宾馆吧。上海人怎么这样啊？做个保安就这么气势汹汹。"李莎开始抱怨起来，不过她只在明波跟前发泄，在生人面前她永远都是一名淑女，跟街上的大妈完全不同。通常情况下明波并不介意，毕竟接受负面情绪也算是恋人之间的情趣嘛，要不她怎么不在别的男人跟前生气呢？因为她爱自己啊。爱一个人就会把所有美的丑的毫无顾忌地暴露在他面前，明波就是这么想的。

"没事，我们到后面的小路上去找找吧。可能上海人说话就这么个语气，人家是上海老居民，说不定还是拆迁户，家里有好几套房子，所以瞧不起外地人。别搭理他，他的子女肯定没我们有出息，所以才这么急躁。”明波安抚道。

当他们又一次路过淮海公园时，正好碰见一家互联网旅行机构在派发会员卡。明波便试着拨打了卡片上的电话，竟然订上了位于南京东路步行街上的一家酒店——东亚饭店，临街带阳台的一个标间还不到两百元一夜。他们无意中成了这家互联网旅行机构的第一批客户。

七月的毕业典礼后，他们从大明湖畔来到黄浦江边，环境发生了很大变化。特别是李莎，作为一名北方人，她的生活习惯和江南人有着巨大的差异。他们对火车站情有独钟，跟一名女孩合租住在中远两湾城。厨房、客厅、阳台都是公用的，因为油盐酱醋之类的小事，两位女孩之间常常会有一些不愉快，不过她们都不愿意当面表达出来。

“她计较什么呢？每个月的水、电、煤气费用我们都让着她，什么‘日本酱油很难买的，不能用来炒菜’，借用点儿酱油才几分钱？”

明波便劝道：“算了，算了，她心眼小，不和她一般见识。都怪我整天忘事，我明天买一大桶酱油放在厨房就好……”

“我想回济南去，我们山东人才不会计较这种芝麻大点儿的小事。”但凡新到一座城市立足未稳之人，最容易感受到地域歧视，也最容易把它当回事。

“算了，我们犯不着因为这点儿小事影响自己的发展方向，难道要因为她就离开上海吗？”

“什么啊！我怎么觉得身边都是这样小肚鸡肠的人啊，真受不了。”她说完这句话，又担心明波认为自己是小肚鸡肠的人，不行，等下还得解释一下。

“李莎，别多想，她也没说什么难听的话啊，只是不想别人用她的日本酱油而已，那我们就把东西分分清楚就好。她一个单身女孩在上海也不容易，可能表达方式不对。平时大家在客厅不还聊得好好的吗？我看你们女孩都自来熟，以为你们关系挺好的呢。都是小事，小事。”

“哪儿跟哪儿呀！女孩子之间的热情都是表面现象，只有你当真。照你这么说，都是我的错了？我动了人家的酱油瓶，说得好像我偷了她的东西一样。上个月水、电、煤气费她交了几块钱？厨房她打扫过几次？她拿错过冰箱里的鸡蛋我也没计较啊……”

“算了，算了，她拿错鸡蛋后来不是还了吗？再说她还你的是日本鸡蛋……”

“明波，你怎么帮起外人说话来了？你觉得她单身一人很可怜是吧？帮她换灯泡，配置网络，现在还帮她说话，你还想帮她做什么？再帮都要帮到人家床上去了吧，啊？”李莎骂完明波后自己都觉着难受，心想：“我怎么学着泼妇一样说话了？从前看电视剧看得明明白白的，可一旦身处其中就不由自主了，开始纠结家长里短的事，难道都是女人的宿命？”

明波见这话没法接下去，只好打住，而且这合租似乎也没办法继续下去了，他们得有一个独立的住处。过了好一会儿，他才敢劝说李莎一起去逛街散心。所有这些话、这些情绪，隔壁的女孩一无所知，她上次提到日本酱油时讲话也是轻飘飘的。也许就是那种莫名的优越感导致了李莎的不快，可李莎当面并没有表现出来，她一直是美丽大方的知心姐姐模样。李莎在明波之外的人跟前全是这种表现，甚至连父母也觉得女儿大学毕业之后懂事多了，再也不在家乱发脾气了，怪不得人家说女儿就像小棉袄，长大了才知道啊。他们不知道，女儿的脾气全用在未来的姑爷头上了，可见积累了数十年的人生经验，也未必能看透自己的女儿。

在一家商场的一楼大堂，李莎看到一则楼盘广告，感叹道："苏州河边的房子要六七千一平方米？这么贵，我们什么时候才能拥有自己的房子啊？"

"其实我们可以买房子的。"

"我们哪有钱？"

"上海很大，不是只有苏州河边有房子。莘庄有很多新房，那边通地铁，外环也通车了，现在去莘庄买房子的人很多。可以贷款买房啊，我们的工资又不低，只要能凑齐首付款就好。"

"我在公司常听到别人说按揭，按揭是不是分期付款？"

"都差不多，就是首付一部分房款，剩下的按月还。我的想法是，我们周末可以先去莘庄看看。"

他们周末去了莘庄，一连看了几个楼盘，最后越看越偏，一直跑到七宝。他们被售楼小姐提到的两点吸引了："你们现在买房子，还送蓝印户口，就不用等单位办人才引进了，而且还退税。"

明波便问对方具体要怎样办理。这时李莎拉了拉他的袖子，低声说道："明波，首付要十万呢，我们存款只有一万，下个季度的房租还没交。"

没想到这私房话也被售楼小姐听见了，她立即说道："没关系的，可以先交一万块定金，把房子锁定，等你们向家里人把钱借到手再签合同啊，有一个月时间。”

李莎和明波顿时觉得很尴尬，售楼小姐又说了：“你们刚参加工作吧？已经很厉害了，买房子这种事情不要觉得不好意思，年轻人都是向家长要首付的，你们月薪高啊，每个月还按揭完全没问题。你们租房子住，十年后房子还是别人的，如果按揭还十年贷款的话，房子就是你们自己的了。”

这么快就要交钱？明波和李莎很犹豫。对方又说了：“买房子这种事，就是要下手快，倒不是说会涨价，但你们迟一个星期过来，可能好位置好楼层就没有了。上海的房子怎么买都没问题的。”

他们在售楼部坐了很久。明波和父母通了电话，李莎也征询了家人的意见，结果双方家长的观点不谋而合：“买，才2900元一平方米，济南也要这个价，杭州、宁波房价也差不多。”他们并不了解七宝在上海的什么方位，“既然配套的学校、商业什么都有，那就买啊，毕竟是上海啊。”于是他们当场交了定金。

一周后，李莎又有些后悔。因为她去楼盘实地参观时发现离虹桥机场的航线太近了，噪声有点儿大，而且十万元首付款都是明波父母给的，如果自己父母也能给几万的话，他们就可以买地铁站边上或者外环内的房子了。她便跟明波说：“是不是决策太仓促了，要不要跟开发商商量一下退房？”“为什么要退？我就觉得东方花园挺好的，又不在航线正下方，到莘庄和七宝乘公交都没几站路，干吗给自己这么大压力？过几年存了钱再换房子。现在多几万也买不成徐家汇啊，顶多换到漕河泾、田林新村，拿到房子还要花钱装修呢。再说退房的话，肯定要损失定金了，我们总共才攒一万块，全要赔给人家，我可舍不得……”

明波的态度如此坚定，李莎也就不多想了，还是过几年再换到市区吧。买下房子之后，李莎再也没有被排外的感觉了。买房赠送的蓝印户口指标也没用上，因为通过公司申报的入户名额也下来了。2001年春节前，他们拿到房子后立即进行了装修，并赶在“五一”小长假举办婚礼、入住，此时他们毕业还不到两周年。

而立之痒

有些事，亲身经历之后才会有感觉，李莎结过婚、买过房之后，便成了婚恋和置业专家，她常常在这两个重大领域指导同事姐妹们。可是她的姐妹们往往又轻松地超越了她，因为结婚对于常人来说并非难事，当时的房价也便宜，有人家境好，一买就两三套。非但如此，有人还迅速地生了孩子，“领跑”起来。李莎和明波的第一套房子是父母出的首付，第二套房子他们打算完全靠自己，所以一直拖到2005年。第二套房子就在中远两湾城，他们第一次租房子的地方。虽然房价已经翻倍，但他们很快在2007年的又一次大涨中找到了心理平衡。东方花园的飞机噪声还是太大，他们搬进了新房，回到了苏州河边。

这时李莎30岁。“为什么不生孩子呢？”好多人问她。“我们有些事情还没有完成。”什么事呢？外人不知道，李莎也不想说，她只和她的明波讨论，其实是激烈地争论：“男人应该追求上进，我们毕业那么多年了，学历还是本科，好多同学都博士毕业了，过两年教授都出来了。你就安心上这个班？”

“什么叫安心上班？我们又不是机关单位，这工作不是什么人都做得了的，你忘了当年进外企有多难？技术上不是人人都懂，客户关系也并非一朝一夕积累起来的，我觉得现在的状态正正好啊。”

“我有几个同事都上EMBA了，至少能拿个硕士学位吧。”

“EMBA的硕士有什么用啊？谁认这个？”

“读EMBA要花几十万，你自己没读就别说没用，没有一定资历都不让入学呢。”

辩论起来，明波不是李莎的对手。自从被李莎定义为没有进取心的男人之后，明波在家说话声音都小了。

李莎公司里确实有几位同事在读EMBA，其中有位叫林强的是她部门同事。林强现在讲起话来一套一套的，都是西方经济学的理论，言谈中夹杂的英文单词也多了起来。李莎最为触动的不是那些专业术语，而是一个叫作“进取心”的单词。她觉得明波比起这个男人来恰恰少了那么一点儿进取心，整个人精气神显得很蔫，跟上大学时完全不一样。

而林强整天都跟打了鸡血一样斗志昂扬。午餐时间，他常鼓励道：“李莎，你跟一般女人不一样，一定要成就自己，现在生孩子只会耽误时间。如果你读了EMBA的话，将来一定能成为公司高管。创业也没问题，要是你开公司，我保证能找到融资，最不济我投个50万的天使轮……”

“你都不知道明波那人有多保守，他就想这么上班交按揭，周末在长三角瞎逛逛住个五星级酒店，这样能活出什么名堂来啊。还有他父母，隔三岔五就打电话来催生孩子，什么女人生孩子不要超过三十岁身体才好恢复啊，什么有了孩子家庭就有了黏合剂啊，净是一些旧思想。他们不知道，在上海多少人都是三十好几岁才生孩子的。我们什么都没干出来，拿什么生孩子，小孩子跟着平庸的父母长大有什么意思？才不要像他们一样，一事无成。”

“你们有没有七年之痒或者十年之痛？其实你算是蛮坚贞的女子，十几年了都只有一个明波。你呀，就是结婚太早，一般像你这么漂亮的女孩子，谁不玩到二十七八岁再考虑结婚问题啊。他们家的观念太陈旧了，现在有追求的女性，谁还那么早生孩子啊。生完孩子腰身都没了，脸也浮肿了……”

最后一句话李莎不爱听，但凡是个女人都不爱听。大实话向来最不受人待见，何况话里有话，她想：“不生孩子就迎合你们这种浪子吗？巴不得周边所有漂亮女人都不生孩子，就等你们这些狂蜂浪蝶来勾引。”

尽管如此，大家都是同事，为了偶尔一两句不中听的话不至于闹翻脸。何况林强平时并没什么不良表现，工作业绩不错，晋升得也很快，这些话从他嘴里说出来还能忍。不过时间长了，这些话就像蚌壳里进了沙子，只要这河蚌不死，沙砾迟早裹成珍珠；或者像酿酒时掺的酒曲，看起来脏兮兮的，过一段时间就发酵起作用了。

明波早年是技术支持人员，为了锻炼自己的能力，转了销售岗。“单做技术无法把控全局，今后想要做高管或创业，务必通过销售这一关。”这是林强的建议，李莎听进去了，拿来劝明波。毕竟人家大几岁，EMBA在读，职级和收入也高了一大截。

明波刚转销售岗时不太适应，他觉得销售代表都有一种表演型人格。在酒桌上，他一口气灌下一大瓶啤酒，客户发出了赞叹声。他瞬间想起动物园的老虎捕食表演来。老虎咬着了食物是一顿喝彩，如果没咬着掉进水池里更逗人开心。销售代表在酒桌上的表演不就是逗人开心吗？如果是女性，端坐在酒桌边就是一道额外的“大菜”，常常受到各种形式的性骚扰。但明波是个有底线的人，所以非常厌恶这种场合，别忘了他上学时还是学生会主席呢。刚开始没有客户资源，每天要打很多电话预约客户，还有陌生拜访，他内心也很抗拒。因此，销售工作没做两年便坚持不下去了。

于是明波又申请转入市场部，成为公司的市场推广专员，负责培训一线销售人员和经销商，讲讲新产品新特性什么的。李莎对明波的又一次转型意见很大：“面子是最不值钱的东西，如果还像当年在学校一样顾忌别人的态度，就不该进企业，回老家当个老师多好。想过人上人的生活，就得先做人下人的事。只有经历了最艰难的工作，才会得到认可啊，不做几年销售怎么升职？怎么做高管？”

明波不认可这种说法，他认为尊严很重要：“自己不喜欢的事，怎么都做不好，还想发展？”话虽如此，明波在职业发展上的确遇到了“瓶颈”。30岁的年纪在其他行业算是年轻的，在医学领域甚至是职业生涯的开始，但在IT行业不进则退。如果还留在一线，过不了几年就会被二十多岁的新人取代，所以要么向上晋升，要么自己创业。创业对明波来说太不现实了，晋升也看不到苗头，明波自己并不着急，着急的是李莎，她希望明波像在大学里一样至少当个小头头。

做不成小头头又如何？明波觉得也没什么。不过在异性眼中，小职员就不那么果敢有魅力了。本来就已进入审美疲劳期的两个人，这时的感觉就更加平淡，他们甚至开始分住两个房间。李莎的房间朝东，可以看见苏州河下游的河湾，明波的房间朝西，可以欣赏到苏州河上游的另一个河湾。虽然都是河湾，风景却大不一样：李莎看到的苏州河畔是个公园，远处是上海火车站，再远处是东方明珠，来路和前途都在眼前；而从明波的窗口望去则是夕阳下的苏州河，波光粼粼反射着市井小民的生活琐事。

夫妻分房睡，都不是什么好兆头。亲密关系没了，就会横生隔阂，然而生活在同一套房子里，该有的矛盾还在。

林强像是未卜先知，专挑夜里跟李莎聊天，李莎觉着奇怪，问道："你老婆不管吗？"

林强道："我们也分房睡了。"

"什么叫也？你怎么知道我和明波分房睡了？"

"猜也能猜出来啊，否则这么晚了能跟我一直聊？"

林强常说些暧昧的话，让李莎时而受用，时而反感。她对林强还是以提防为主，她知道这种男人绝无私奔的可能，更无勇气重组家庭，只是吃一口就走的浪子。

自省，是李莎多年来练就的本领。她只是单纯地对现状不满意，明波太不上进了，给她的婚姻生活完全出离想象，"沦落"成小市民了，这是她所不能接受的。"也许该跳出思维定式，明波不必遵循我的预设路径，婚姻也不该成为彼此的枷锁。”要改变一个人很难，改变自己更难，何必纠缠于此呢？一种更加激烈的想法在她头脑中诞生了：“我们可以离婚，按照各自的意志来生活。”她对于这么做的后果完全没把握，但需要的只是改变而已，她再也不想继续眼下的生活了。

这种想法放在旁人眼里有点儿不可思议：“这样就要离婚？”生活充满了荒诞，某些人忍受不了的生活，却被其他人羡慕。物质环境容易代入，内心感受难以重现。不要说旁人，连明波这个当事人也理解不了：“日子过得好好的，干吗要离婚？不就是短期分居嘛，给点儿空间，消消气就过去了。”明波身上并没有特别值得谴责的过失，在别人眼中仍是一个勤勉阳光的好男人。

李莎的烦恼，在旁人眼中就是“作”。一个女人，有疼爱自己的男人，有两套上海的房子，有好工作，还有什么不满足的呢？“就是太顺当了，没经历过什么事，自寻烦恼。”闺密劝道，“事情就是闲出来的，生个孩子就好了。孩子一出生，乱七八糟事情一大堆，就顾不上什么进取心、夫妻感情了。明波也许不太追求上进，可这种男人对于抚养孩子却是极好的。女人有了孩子，哪有空管老公啊……”闺密自以为与李莎之间可以无话不谈，因此说了一些掏心掏肺的话，并以己为例，讲述了她生子之后如何享受天伦之乐，再也不去想老公能否成为人上人了。不想李莎却因此而恼了她，觉得她没追求、世故圆滑，再也做不得自己的闺密。“我李莎就是与众不同，凭什么要跟你一样做晒娃狂魔？你要跟七大姑八大姨一样过日子去过好了，干吗要来影响我啊？你想迁就是你的事，我可是为了改变世界而存在的……”当然，这些话她并没有说出口。

离婚实验

离婚是大事，不能说离就离。李莎在大学里学到了一种办法，就是人们提出一种新概念新理论的初始，总要通过实验去验证，如果被否决了，还可以回到原来的体系中去。他们的分居就是一种实验。不过此时她提出了一个更大胆的实验方案：住所分离，经济独立，情感独立，非必要尽量不联系。东方花园的租户租约恰好到期，她便让明波搬去住。他们没有孩子，确实没什么必须要联系的，一个多月后，明波才从一个朋友那里了解到李莎已经EMBA在读，交了二十几万学费。

这件事当然是林强促成的，他想做师兄。EMBA同学关系非常奇特，按说大家上了年纪，相互提防得很，什么同学不同学的不过是个名头。可大家很当真，投入得很尽兴。这说明成年人之间可信度太低了，需要通过这么一层关系来说服自己相信他人。

从年龄上来看，李莎在班上算是个小妹妹，相貌上不用说，她毫无争议地再次成了班花。她一贯成绩优秀，众星捧月之下，在班里的地位被带到了顶点，似乎找回了当年的自信。

一般来说同学关系比较单纯，就是因为年少时大家都没钱，只能谈学习和感情。可这EMBA不一样，研究的核心就是赚钱，大家都有一定的经济实力，同学之间轻易不谈钱，一旦谈钱就是大事。林强之前向李莎夸下海口，只要她创业，他一定投资。李莎从不把这话当回事，加入EMBA学习班之后，她就不得不相信存在这种可能，可能性不是来自林强，而是来自她的EMBA同班同学。李莎班上有二十几位同学，单看抬头个个都比林强要厉害，相比之下，明波连入学条件都达不到。“也许我难为明波了，”李莎想道，“然而这不能成为我原谅他的理由，人就活几十年，怎能接受平庸？”

李莎是班花，但不是班长。他们的班长穆俊国是一家中型制造业民企的老板，其他人要么是小老板，要么是国企和外企中层，都不如他有派头。他出身名门世家，原本是国企的总助，三十岁左右带着家族使命出来创业，在市场上打拼了十年，体制内外的规矩全都懂。他的公司虽是民企，可在获取资源方面，一点儿也不输给国企。谈起企业经营，谈起投资，谈起国学，穆俊国都懂一些，平时他只简单讲几句要紧的，其他时候就静静地听别人发言。由于他的地位，在关键点上的那几句不偏不倚的话，没人会质疑。课程进行到具体有争议的细节时，他就不发表意见了，因此大家都觉得他稳重有权威，这是一种很讨巧的说话方式。

一个女人话语中从来不提及老公，容易让异性产生联想，家庭是不是出什么状况了啊？是不是在闹离婚啊？联想之外还会做些试探。班上的男人都是人精，都精于此道。李莎常常得到各种照顾，不过她警惕性特别高，一般都冷处理，多数人见没什么回应就会收手，毕竟保持同学友谊和颜面也相当重要。

对于李莎这么一位漂亮的女同学，穆俊国当然也很关注，不过他一直在观察。他看着那些段位不够的男同学一个个铩羽而归，不由得暗自开心，这说明李莎是一个有相当难度的女人。这样的女人才值得他穆俊国出手。李莎和穆俊国，一个是本班颜值担当，一个是精神领袖，时间长了难免会相互吸引。作为一名漂亮的女人，李莎当然要有所防范，她很快就在另一位同学那里打听到穆俊国还是个情场老手："对于女人，他轻易不出手，一出手必有收获，而且分与合都不拖泥带水。他结过两次婚，而且经验老到，在第二次婚姻中还争取到了相当的自由度，他老婆根本就不管他在外面玩得有多欢。"

双方都谨慎小心，又知己知彼，事情进展得就很慢。好比足球场上两支精于防守的顶尖球队相遇，上半场施展不开，非要等到下半场发力。

李莎与明波分居一年后，也是春夏之交，EMBA班同学集体前往西北参加一个沙漠挑战活动。与平时游学不同的是，赛事中需要克服的困难特别多，出发前他们做了长时间的训练，比如每天绕着世纪公园跑步。

不过西北的海拔和干燥气候无法模拟。正式比赛开始后，李莎意识到自己的体力与队友比起来有相当的差距，虽说女学员有加时，但她落后得有点儿多了，第一天行程才到一半，她就只能走了。接近第一个补给点时，她甚至想退赛。

领队本来安排李莎做后勤，可她坚决要求参赛，加之穆俊国力挺，领队只好同意了。穆俊国觉得该对她负责，不过在这戈壁沙丘上，也不可能背着她走，按规则连拖拽也不可以，还得想别的办法让她坚持下来，何况这才第一天。他想陪着她慢慢跑，但被拒绝了。李莎不想要这种怜悯式的伴跑，更不想再拉下一个穆俊国，影响团队成绩。

补给点供应的是馍和榨菜，李莎平日从不吃这些东西，这时却觉得相当可口。她的体力有所恢复，也渐渐适应了戈壁的环境。各种杂念也少了，脑子里不再出现什么红烧肉、咖喱牛腩的诱惑，注意力开始回归到跑步上来。

再次出发时，穆俊国悄悄地告诉她："别太当回事，赛前喊口号是为了给大家打气，我们第一次参加活动，不太可能拿到像样的名次，坚持下来就好。"李莎以为他要劝退，没想到他来了这么一句，可以理解为无论如何不能弃赛。只是当下前不着村后不着店，退赛也得靠自己走出去。她已经顾不了许多，自己出发前的一切，上海、明波、工作，都被抛在脑后，连她最近上的EMBA课程、比赛出征仪式，也都放在一边。一切都太遥远了，现在还是保命重要，陪伴自己的只有风声和自己的呼吸声，路上有时连人影都看不到，无边无际的戈壁和风沙就是敌人，她的目标很简单：安全抵达第一天的宿营地，在那里才有车来接。

李莎居然坚持了下来。到达宿营地后，她一直在喘气，队友们都迎上来，就像她的赛程已经结束了一般。大家都在猜她什么时候退赛，不过谁都没说出口。穆俊国再次鼓励道："什么都别想，吃饱肚子睡一觉，就会元气满满。"

大家头一回体验如此无聊的夜晚，都睡得早。夜里特别冷，帐篷和被褥根本挡不住寒气，风声就像狼嚎。李莎的帐篷身处矩阵的中央，按说是安全的，不过她倒真希望狼来了，明天的比赛就有理由被取消。与大地融为一体的感觉很奇妙，只可惜天气不好，否则还可以看到星星，那该多浪漫。毕竟是露营，没有那种厚厚的床垫，时间长了，碎石的棱角和硬度还能透过褥子传导过来。培训的时候领队讲过，躺平了比侧身睡更舒服，而且不会压迫心脏。其实，和衣而睡怎么都不会舒服的，她之前只在乘火车时体验过。哦，不对，在泰山观日出时也体验过，十几年前，一群同学一起，那时还没有帐篷，那才叫真正的露营……如此这般想着，她便睡着了。

跟所有高质量的睡眠一样，她被一阵喧闹声吵醒时，觉得自己刚睡下不到半个钟头，看手机才发现睡足了八个小时。天还没亮，这里跟上海有两个小时时差。

早餐过后，第二天的赛程开始了，李莎又落在最后，不过她跑着跑着，竟然发现自己赶上了大队伍。再仔细一看，前面的人都停住了或者走得极慢。天空突然变得昏黄，随后便飞沙走石。不过此时前方却有一个熟悉的身影顺着风往后跑，她便叫住那人。那人停住了，原来穆俊国。他特意回来找李莎的，对她大喊道："转过去，转过去，蹲下，蹲下。"空气中弥漫着细沙，呼吸都相当困难，别说跑步了，所有人脸上都蒙上了面巾或口罩。为了避免被风吹走，大家只能手挽着手前行。比赛成了团体行军，李莎借着集体的力量又熬过了一天的赛事，她不得不感激穆俊国。

戈壁滩的气候变化很快，晚上风就停了，大家期待的满天星光出现了，银河清晰可见。众人兴奋了许多，不再像昨晚一样早早入睡，还有人点燃了篝火。两天的行程隔离了现实生活，将生意、婚姻、孩子、学习统统抛在脑后，大家谈的都是一些极为纯粹的事，跟中学生差不多，如天体运行、气候变化、植被差异之类。穆俊国话少，只在大家辨识星星时简单地指认了几个星座，竟赢得一致赞许。他不以为然地说，这些都是小学自然课里学的，大家忘记了罢了。众人愕然，原以为穆俊国经过专业训练，没想到只是自己当年学习不用功而已。这件事让李莎对穆俊国又多了一分好感。

第三天天气好得很，碧空如洗。不过到中午就惨了，艳阳高照，地表温度一下子就接近体温了。路旁还有胡杨林、河流，生态条件好了很多，李莎这天状态不错，紧跟在队伍后面完成了比赛。最终团队和她个人的成绩都排在中游，超出预期。他们总结了经验：没有减员，没人受伤，没人犯规，平平稳稳地走下来了。有人说坚持就是胜利，平稳才是福，就跟漫漫人生路一样。又有人说，生活的规则哪有这么简单，比这戈壁复杂多了，路上没遇到狼吧，还有补给点吧，整个比赛都是有保障的，放在生意场上，破产了就很难翻身。穆俊国笑着拍了拍那人的肩膀道："没事，我帮你翻身。"李莎在旁边听了觉得很暖心，虽然不是拍在自己身上，却能感受到力量。

走过戈壁，就会觉得之前的路过于平坦。几天来，她已经完全将明波抛到了脑后，现在回想他们在一起的十几年，似乎还没有经历过什么真正的考验呢。另外，通过这次活动，她坚信穆俊国对自己有感觉，以为他会对自己"下手"，然而他终究没有"趁人之危"，又平添了几分对他的好感。

回上海后，穆俊国对她的照顾更多了。这也符合逻辑，参加过戈壁挑战赛，同学的凝聚力肯定更强，而她是唯一的女队员。李莎虽然非常推崇EMBA，但骨子里还是觉得经商的男人比较油腻，所以防备心较重，何况双方都在婚内，“出轨”这两个字想一想都挺惊心动魄的。不过既然想和明波离婚，就必然要考虑和其他男人交往的问题，一个三十岁往上的女人离婚之后，交往单身男人的概率并不大，中年丧妻的男人比例也极小，类似穆俊国的情况更为常见。

不管怎样，李莎觉得还是先获取一个自由身份比较好，万一遇到什么事什么人，不用背负出轨的恶名。分居一年多后，她离婚的愿望更强了，于是约明波见面。远远地见他从地铁口出来，很强的陌生感，为什么以前觉得他很帅，现在一点儿感觉也没有了？“上次见面什么时候？”她问自己，已经记不得了，明波的精气神都比穆俊国差好远，瘦弱、幼稚、无趣……还有什么？够了，不必再想更多的形容词了，她淡淡地对明波道：“我们还是离婚吧。”

明波抬头看了她一眼，有点儿惊讶，停顿了一会儿之后似乎也不想讨论下去，简单地答道：“好吧。”

明波居然没反对，如去年那般。他也厌烦了？还是有了别的女人？明明自己提出来的要求，住所分离，经济独立，情感独立，非必要尽量不联系，又怎好再追究？如果他已经找到“下家”了，自己岂不亏了一局？唉，管不了这么多了，各自放一条生路吧。

财产分割非常简单，目前住着的房子归各自所有，余下的房贷各自还款，分别办个除名手续即可。民政局只难为了他们一次，说离婚协议的格式不对，要求重新抄写一份，然后工作人员就下班吃午饭了。他们知道是例行公事，工作人员要他们回去再想一想，因为证件齐全，只能拿协议书“找茬儿”了。这是一个“黑色星期五”，李莎嫌夜长梦多，于是下午又急急忙忙赶了过来，工作人员想提前下班，便果断地给他们发放了离婚证，不过告诫他们：“房产除名手续比较复杂，主要是银行不愿意，原本两个人还贷，现在成一个了，银行能开心吗？还好房子升值了，可能要出具一份新的收入证明。”

对于决心要离婚的人来说，这都不是事。

其实明波的状况和李莎差不多。人们常说情人眼里出西施，那是婚前，婚后就完全不同了。没有距离感，怎么看对方都不顺眼，可在别人眼中就成了西施和潘安。客观来说，明波各方面条件并不差，所以他也有爱慕者。公司有一位来自宁波的姑娘姚瑶，算是半个同乡，去年刚从英国留学回来，26岁。她通过各种途径确认，明波处于婚姻的边缘，于是对他很上心。

明波的独居状态很容易识别，他上班从不梳头，衣领常常内翻到脖子里。姚瑶觉得明波如此这般很可爱，便悄悄去提醒他。明波说谢谢，心中有些忐忑。这天姚瑶刚换上隐形眼镜，笑容实在是新鲜可爱。在此之前，她还戴牙套，鼻梁上架着框架眼镜，面庞有些干瘪，就像电影里的四眼钢牙妹。

国庆假期后，姚瑶从宁波带来不少零食，在办公室分发，还单独留给明波一大包海产品，交代道：“一定要放冷冻层哦。”

“还是送给你师傅吧。”

“也有，糕团，他吃不了海鲜，这是专门给你准备的。”

“还是自己留着吧。我一个人住，吃不了。嗯，还有，我不会煮。”

“没关系，我帮你。”

明波一时无法应答，姚瑶笑了：“周末我们几个女同事约了一起逛七宝老街，顺便帮你煎带鱼哈。”

“哦，这个我会，煎锅里放油加热就好。”明波总算收下了，却婉拒姚瑶上门。他虽独居，却算不得单身，女孩子进家门还是不好。一群同事过来更不妥，等于将自己的婚姻困境公开化。

姚瑶随后的沉默让他觉着气氛有些尴尬、总得给个面子吧，他一向是很为别人考虑的，便补了一句：“那么到时候我请你们吃饭。”

周末，明波在七宝老街只见到姚瑶一人，她说：“不知为什么，她们都不愿意留下，散了。”跟说好的情况有些不一样，在街上单独见姚瑶，明波还有些不自在。他想尽快离开这个地方，免得被人看见，于是道：“老街没什么好吃的，骗骗游客，带你去吃真正的农家菜。”说着就去拦出租车。

居然不是在家做饭，姚瑶有些失望：“朱家角吗？太远了吧？”

“不是，十几分钟就到，九亭。”

他们刚上车，就有一架飞机从头顶掠过，发出巨大的声响。“飞机！好大的飞机！就像在房顶上一样。”姚瑶像七八岁的孩子一般欢呼起来。

“这里有航线嘛，北边就是虹桥，马上降落了。你不觉得太吵？”

“飞机那么大，为什么要嫌它吵？习惯了就好呀。我觉得这里充满了希望，街上热闹，天上也热闹。飞机上有那么多窗户，每个窗户边都坐着一个人，每个人都有他的故事；飞机下面也一样，街上到处都是人，每个人也有他自己的故事；说不定飞机上的人和地面上的人还是一家子呢，多近呀，肯定不到一百米，看见了就招招手。地面上的人买菜回家做饭，饭做好了，飞机上的人也就到家了，多温馨啊！”

听姚瑶说得这么热闹，明波有种身临其境的感觉，仿佛身处那飞机上，而姚瑶就是做好饭菜等他回家的亲人，相互间平添了几分亲切。生活多奇妙，一闪而过的念头就足以萌生好感，可见想象力多么重要。他早已忘记恋爱的感觉，和李莎在一起生活了十多年，如同左手握右手。姚瑶一出现，那种怯生生、脸红心跳的感觉又来了，仿佛回到了十八岁那年。

这家餐馆很热闹，上下好几层。姚瑶左顾右盼的，像个小朋友，声音也越来越幼稚：“为什么在上海能有那么大的农家乐？”其中“那么”两个字用了重音，几乎读成“嫩么”。

可她已经26岁，研究生都毕业了。明波当然知道姚瑶嗲声嗲气的原因，不过还是认真地回答她的问题：“上海人多啊，人多了做什么生意都方便。可以把农家乐三个字理解为店名，它就是一家大型餐饮店，做出来的东西好吃而已。”

“不行，不能这么理解。”其中“不能”两个字也用了重音，让明波想起了《围城》中的一句话，“当着心爱的男人，每个女人都有返老还童的绝技”，他心中不免一阵慌乱，和李莎在一起十几年了，他几乎没机会和别的异性单独交往，茫然问道：“那要怎么理解？”

“虽然这里的农家乐气氛都是装修出来的，不过它的菜品都是地道的农家味，你还可以看着这个木栅栏，想象自己来到了一个山沟沟里，有鸡打鸣，有狗叫，还有牛羊……”

不就跟望梅止渴、画饼充饥一个意思吗？姚瑶却讲得津津有味。旁人单单听她的声音，还会觉得比较甜美，要是忍不住跑上前去见识她的容貌，知晓她的年龄，就会失望了。相貌和体态、语言对不上，往往被称作装腔作势。他们不能理解有的人活在童趣中永远不想长大，也不知道她还有一个可爱的名字。名字说明了父母对孩子的态度，姚瑶就是在溺爱中成长的，她毫不在意周边的敌意。

熟悉了一个人，她的美丑便会在头脑中淡化。明波和李莎在一起时间长了并不觉得她有多美，同理，此刻他也不觉得姚瑶有多不好看。当下他空虚失意得很，饶有兴趣地听她讲下去，且随着她的话题展开思绪。想象力是个好东西，明波这天过得挺开心的，他确定姚瑶喜欢上了自己。

明波尽量将两人的交往限定在同事关系，姚瑶却想尽各种办法突破这层关系。明波总要加班，她却想安排外出旅行；明波拼命掩盖，她则想尽人皆知。于是，明波和姚瑶都陷入了痛苦之中，一个刻意躲闪又不曾远离，一个紧追不舍却无法近身。他们之间发生了很多故事，就是无法确定恋人关系。明波越是矜持，姚瑶便跟得越紧，觉得他对自己负责任、有魅力。别人都说女追男隔层纱，他们却像单曲循环的探戈，别人看着精彩，当事人却累得不要不要的。

李莎和明波从一开始就有约定，任何情况下明波不得率先提出分手。守着这么漂亮的女朋友，任何男人都会一口答应下来，但像他一样遵守承诺十几年的还真少见。李莎约他面谈，明波就有感觉，“这一天终于到来了”，十几年来他从未想过“离婚”这个字眼，如今却很期待，在悲哀中期待。“我们还是离婚吧”，李莎一句话结束了他们的过往，明波不敢相信自己的耳朵，脑子里回放了好几遍，呆呆地望着李莎的脸，这张漂亮的脸顿然陌生起来，思绪万千又全绕在了一起。他本想总结既往，再提旧情，又突然间想到了姚瑶，于是简单答道：“好吧。”

离婚证当晚便落入姚瑶之手，她对着这个红本本大哭了一场，明波在一旁不知所措。

随后他被姚瑶摁倒在地板上……

出任CEO

第二天，姚瑶就带着明波回去见父母。路上明波开着车，姚瑶却一定要靠在他肩膀上，否则就得把他的一只手抓在怀里。

“姚瑶，我开着车呢。”

“怎么了？一只手就不能开车了啊？”姚瑶白了他一眼。

“不是，这样我使不上力。”

“我总得抓住点儿什么呀，否则跑了怎么办？”

“我就在这车上，能跑到哪儿去啊？”

“话不能那么说，我不抓住点儿什么心里就没底呢。”姚瑶竟然学会了嘛着嘴说话，“啊哈，我想要了，呵呵……”

明波赶紧把车开进了前方的服务区，找了处最为僻静的树荫。停车、拉手刹，他做任何事都很注意安全。知了在树上拼命地叫喊，抗议有人侵占了它们的地盘。汽车发动机和空调呼呼地转着，一阵急一阵缓，像是回应知了的抗议。阳光恣意炙烤着大地，平整的柏油路隆起了小丘。夏天真好。

到家后，姚瑶妈妈问道："路上很堵吧？今天路上花了四五个钟头啊。"难得她亲自下厨，午饭一个钟头前就准备好了。

"哦，不堵，昨晚吃坏肚子了，所以今天在服务区跑了好几趟卫生间。"姚瑶答道。

……

明波没关注姚瑶怎么扯谎，他被姚瑶家的奢华震撼了。原以为她只是被父母宠坏的独生女，普通职工家庭的孩子，所以才会学电子，去上海打工租房子住，没想到她家竟富裕到如此程度。这幢位于东钱湖畔的别墅有好几层，外墙全是大理石贴面，感觉就像石头垒起来的，两侧分别还有连廊和附楼，一层西边是宴会厅，东边是书房。内部装潢是奢华的欧洲宫廷风格，对称设计，到处是繁复的灯具、闪亮的饰品、油画。

姚瑶的房间在顶楼，进门是衣帽间，然后是书房，到最里面才是闺房。她的房间还是十几岁小女孩喜欢的装饰——公主的风格，她是被从小宠到大的。明波这才明白姚瑶讲话的声音为什么像孩子，而且带有那么多的语气词。

餐后，姚瑶带明波来到后院。与庄严的前院比起来，后院要休闲得多，中间是个正对东钱湖的无边泳池，两侧是躺椅、草坪、凉亭，周边种满了高大的灌木，灌木的前排有些果树。虽然房子规模宏大，却不显得空旷，佣人就好几个。姚瑶家的工厂是做家电代工的。这天下午明波就见到了他们工厂的财务总监，一位和姚瑶妈妈年纪相仿的女性长辈。

“这个院子适合举办婚礼。”明波感叹道。

“怎么可能？我爸就我一个女儿，怎么也得在宁波市中心办啊，他说哪家五星级酒店的宴会厅能摆下一百桌，就在哪家酒店办。”

“一百桌？要请那么多人？”

“不算多啊，婚礼也是一种社交活动，就跟我们IT行业新产品发布会、巡展、技术年会类似。真有那么多人，不是凑人数，真要凑人数的话，光我爸工厂里的人就能坐满一百桌。”

下午，姚瑶的爸爸跟明波聊了大约一小时，然后就到厂里去了。接下来是听姚瑶的妈妈讲述陈年往事，也问了点儿明波父母的情况。所有的话题都特别家常，他只要如实回答即可。

随后，公司的行政总监也来了，是一位年长的男士。晚餐结束后，姚瑶带明波去书房，因为长辈们有事商议，他们需要回避一下。明波问为什么总是安排在家里谈工作呢，姚瑶说他们是家族企业，这些都不算外人，是亲戚中的长辈。

“难不成他们都是来考察我的？”

“怎么，不行吗？我们是大家族，长辈们总要过过眼啊。”

“要是我被他们淘汰了怎么办？”

“他们敢？就是走个过场，我挑中的，还能有反对的？你不会想跑了吧？哈哈，我可告诉你，这辈子休想逃出我的掌心。你要是敢欺负我，会有至少一百个人追杀你，把你撕成碎片。”

“这……这叫家族企业吗？确定不是黑社会？”

“什么啊，这叫替天行道，不，替本公主行道。”姚瑶的嗓音非常可爱，只是词句毫无新奇之处，多数情况下听了上句就能猜到下句。

“哎呀，怕了。不过说个正经事，我们明天回舟山，但今晚我住哪儿？要不我还是主动提出来住酒店吧，免得大家为难。”

“嗯，本来是安排你住酒店的，不过我妈说，鉴于你今天的表现，可以住在我们家的客房里。另外，你们家明天也得给我准备客房，我可不要住酒店……”

他们正谈着，佣人来请姚瑶去客厅，明波便一个人留在书房。

这间书房，看起来也只是谈事的场所，跟多数董事长的书房一样，所有的书都整整齐齐成套地摆放着，似乎没有人翻动过它们。书架顶层是关于政治的书，没有台阶根本够不着；接下来依次是哲学、国学、经济学的书……底层是名人传记和文学名著。另外，她们家是做电器制造的，因此边柜还有些电子电器图书，跟明波的专业比较接近。就具体的作者而言，类似王阳明、曾国藩、傅雷之类是必不可少的，不过最终吸引明波的是一本冷门书《山河岁月》，作者胡兰成。此时最适合看这种书，既不费神又不会显得浅薄，还可以调节一下颈椎，平时看书都是左右摇头，现在终于可以练习上下点头了。书中有些部分还是稍显晦涩，只好跳着读。过了许久，大约看到“秦汉私情之美”，他终于听见姚瑶的脚步声了。

“你猜猜他们找我谈什么事？跟我们相关的。”姚瑶已经把父母称作他们，把自己和明波称作我们了，这不能不令明波感动。话题当然跟他相关，不过他实在猜不到具体的内容，便装作着急的样子，恳请姚瑶揭晓答案。

“我爸希望我们能辞掉现在的工作，回宁波帮他做事。”

“回宁波？”明波很吃惊的样子。

“也不算回宁波，我们可以两头跑，上海那边算我们的小家，这边是大家。我可以先辞职回来等你，你再想想。”

其实没什么好想的，对于事业瓶颈期的明波来说，这是最好的选择。何况“甬舟一家亲”，在宁波工作就等于在老家工作。姚瑶即将成为他的妻子，他们是姚瑶家族事业的继承人，舍我其谁？

盛大的婚礼过后，明波就向原公司提出了辞职，回宁波做CEO，姚瑶父亲还是董事长。姚瑶怀孕了，还是想留在上海生孩子。东方花园的房子旧了，她想置换一套徐汇滨江的新房，计划孩子出生前搬进去住。她还建议父亲在上海设立营销总部，方便明波一边工作一边照顾她。

关于孩子的姓氏问题，双方父母有一点儿小分歧。明波的父母没想过这是一个问题，不过姚瑶的父母提出来之后，他们觉得也能理解。双方通过多轮电话友好协商，终于达成了君子协定：如果生男孩，姓邬；如果生女孩，就姓姚；但第二个孩子无论男女都姓姚。这个协定隐含的意思是，他们至少得生两个孩子，最好是两个男孩，这样双方家长都满意。明波和姚瑶并不介意孩子姓什么，明波说干脆都姓姚好了，姚瑶最天真，她说：“没关系的，孩子十八岁以后，想姓什么他可以自己改啊。”这是大实话，若干年后世上早已没有他们六个人了，这个家族企业的继承人想姓姚还是想姓邬，随时都可以改，确实由不得他们。

他们进展得太快，东方花园的房子出售时，房产证上还有李莎的名字，更名的手续又比较麻烦，银行和房地产交易中心的效率都没有结婚生子快。李莎惊闻明波火速结婚，既不同意更名，也不同意房产交易。她怀疑明波在离婚前就找好了“下家”。但明波不承认，李莎不容多说提起了诉讼，要求重新分割财产。

明波知道李莎在胡闹，只好耐着性子去劝她，况且他们之间早有约定，说好“情感独立”的。李莎也知道官司无法打赢，因为她没有证据，而且财产分割时她本来就占优势，中远两湾城的房子比东方花园贵了不少呢，但她还是要将官司打下去，就是为了出口气。这口恶气从何而来？她也说不清楚。

她那闺密这时又出现了：“可能，你还爱着明波。”闺密说了很多话，但她只记住了这一句，便和对方彻底绝交了。这是天底下所有闺密的宿命，仗着关系好直言不讳，结果就是讨人嫌。岂不知哪怕是闺密，再正确的话也要注意表达方式。虽然绝交了，这句话却长在了李莎心里，“我真的还爱着明波吗？还是心理不平衡而已？”李莎一直在反问自己。

李莎的反常情绪引起了穆俊国的注意，他主动上前安慰，李莎终于绷不住了，泪流满面。穆俊国既惊喜又惆怅，惊喜的是李莎终于对自己敞开心扉，已经成功一大半了；惆怅的是不知怎么安慰，李莎并不是一个拿得起放得下的人，该如何定位自己和她的关系呢？

明波虽然很小心，跟前妻打官司的事还是被姚瑶知道了。姚瑶气急了，她恨李莎，一年前就当她是眼中沙。不过她一直劝导自己要做个淑女，好说歹说忍耐住做了一年淑女，终于功德圆满了，不料眼中沙换了个体位，又像肾结石一样让她难受。

“真是阴魂不散！”姚瑶第一次在明波跟前说了句难听话，“我可不是什么小三，你拿到离婚证之后我们才开始恋爱的。她什么意思？就为了恶心我吗？”

明波劝道：“别跟她一般见识，这个官司不会输的，她就是闹一闹而已。”

他被吓着了，姚瑶刚结婚就放弃了小公主形象。他一方面感到失落；另一方面还担心她接受不了自身角色的坍塌。女人对男人失望并不可怕，对周围的环境失望也不可怕，最可怕的是她对自己失望，觉得自己不如从前美好了，便自暴自弃起来。

“什么？她闹一闹而已，那么我的首付款呢？首套房贷款优惠利率呢？我两头都得交违约金，凭什么？她还想把我从这套房子里赶出去，这么一闹，别人都以为我是小三。本来人家嫁二婚男就引来一堆闲话，现在还摊上你这么个官司，我真是跳进杭州湾也洗不清了。”姚瑶小公主的形象还在持续坍塌。

“杭州湾？为什么是杭州湾？”明波一脸迷惘，不过迷惘也好，可以掩盖内心的凄凉。

“黄河太远，杭州湾方便啊，回家的路上就可以跳了，反正都是泥沙俱下，混浑浊不堪。”姚瑶哭着说道。

“嗨，姚瑶，唉，姚瑶，”姚瑶哭泣的时候没那么凶了，明波大松了一口气，一边抱着她，一边递上纸巾，继续劝道，“你看你，说个气话都那么可爱，什么二婚男、杭州湾，什么泥沙俱下，没想到你也出口成章啊？”

“什么叫也啊？你要是觉得李莎口才好，去跟她复婚啊。”

明波惊觉自己说错了话，平白无故多出一个“也”字来，只好背地里贬损李莎两句并讨好姚瑶：“她那不叫口才好，强词夺理而已。你这才叫口才好，而且好得可爱。”

“哼，她这么对我，明天我也找人调查她，看看她这一年里有没有做什么见不得人的事，哼。”

明波大惊，不敢再劝。女人之间发生矛盾，不管当面还是隔空相斗，都必须赢了才能收兵，不管是大赢还是小赢，赢一局还是一个回合。倘若不能，就一定要拿身边的人出气，仿佛隔山打牛，姚瑶就是隔着明波这座“山”打李莎这头“牛”。不错，你这头“牛”原本是在这座山上吃草的，既然已经放弃了地盘，怎么又回来了呢？现在这山头归我了啊。

明波非常懊悔，他保密工作都没做好，其实也没什么好办法，两边的行为都不受自己控制，所以只能埋怨银行和房产交易中心流程太复杂。

姚瑶气得肚子疼，开始以为是肾结石，医生检查后说是先兆流产。“得小心，万万不可再生气了。”姚瑶妈妈担心女儿出状况，匆匆赶来陪她保胎，于是也知道他们仨的事了。事情自然也瞒不过董事长。董事长做事比较大气，安排助理跑了一趟上海，只用了两天时间，就把姚瑶看中的那套徐汇滨江精装现房全款买下来了。他的想法很简单，购置家具需要时间，还要几个月时间去甲醛，他得保证姚瑶生孩子之前一切准备妥当。至于什么离婚遗留官司，就留着明波慢慢去处理吧，他一点儿也不担心。有强大的父母做后盾，姚瑶的情绪平静下来了。

姚瑶刚安静下来，李莎就焦虑了，她感觉自己扮演了一个丑角，该如何是好？焦虑的不只是她，她还接到了明波妈妈的一个电话，电话里也充满了焦虑：“莎莎呀，你这么一闹，什么实际用途也没有，倒是让我们明波非常被动，他在姚家抬不起头来啊。我就搞不懂，你们为什么要离婚啊？”当然，那只是明波妈妈的看法，现实中明波从来就没觉得抬不起头来。不过东方花园的房子首付款是明波父母给的，虽然过去了十多年，他们发表点儿意见也说得过去，李莎总不该想着把这房子也收了去。

李莎无话可说，只回了一句：“明波被动是因为他不积极不上进，在哪儿都被动。”都这个时候了，明波妈妈还在指责自己，李莎很不高兴。她与婆婆之前因为不在一个城市，相互间都客客气气的，除了生孩子的话题其他意见都很统一，堪称婆媳关系的典范。所有良好的婆媳关系都是因为距离远，不管是物理距离还是心理距离。他们刚离婚时，明波妈妈还打电话过来安抚李莎并责问明波，要他们复婚。但眼下这通电话让李莎觉得明波妈妈真是太自私了，之前的好话终究还是为了儿子，现在他俩没什么关系了便将责任都推在自己头上。明波妈妈并不认为儿子不上进，这不一离婚就出任CEO了嘛！

不过，最终让李莎崩溃的居然是法官，因为他驳回了李莎的要求。法官也没什么错，只是没证据证明明波婚前出轨，根据两人自拟的离婚协议，原来的财产分割并没有什么问题。调解的结果在预料之中，所以李莎连律师都没请，她亲自出庭。她还想诉讼离婚无效，可离婚协议是自己手写的，明波都已经二婚了，无论如何说不过去。明波没露面，他现在是CEO了，这种场合当然是委托公司的律师出面。李莎无比难堪，原本想借官司恐吓明波出口恶气，没想到这口恶气又回转过来自己咽下了。

周末，李莎没心思听课，坐在教室的最后一排，想着自己和明波十几年的感情就这样被作没了，忍不住落泪。要是明波像穆俊国一样大自己几岁，那该多好，他怎么就不懂得哄自己呢？女孩子生气很正常啊，为什么别人怎么作都没问题，自己稍微作一作就离婚了呢？想不通啊，明波为什么要轻易放弃自己？凭什么？然而生活没有假如，明波已是别人的老公，她难过得泪流满面。

别的同学可以装作没看见，穆俊国不能，他悄悄带李莎出了教室。整个白天李莎一句话没说，傍晚穆俊国还有点儿事，便送她回家。

夜里，穆俊国不放心，给李莎打了个电话，电话里的李莎有气无力："俊国，明天的课我不去了，再也去不成了。告诉我父母，带我回济南……"他立刻报了警，然后一边下楼开车，一边继续给李莎打电话。当他到达中远两湾城后，警车和120急救车已经在楼下了，他乘电梯上楼，门敞开着，是物业和警察将门锁撬开的。医护人员正在施救，警察找穆俊国做了笔录。李莎是割腕自杀，刀口不深人还有意识，紧急处理后被送往医院。明波也到了，因为小区物业登记的李莎紧急联系人还是明波。穆俊国开车跟在救护车后面，他还是头一回遇到这种情形。"前夫在医院算亲人吗？谁签字才算数？"不知道，所以他得去看看，虽然自己什么也不是。

李莎脱离了危险昏昏睡去。明波一直在床头守着，穆俊国本想跟明波打个招呼，不过见他心事重重，脸根本不往自己这边转，只好作罢回家。

明波出门前只跟姚瑶说了一句话："李莎自杀了，我得赶过去。"然后交代岳母："妈，您照顾一下姚瑶。"言下之意就是让她照顾姚瑶的情绪，避免再次出现问题。

姚瑶心里也不好受，她看到明波接了电话后立即奔出家门，"原来明波还在乎李莎"，震惊之外还是震惊。李莎自杀八成是因为明波，一个人以死明志，之前的过节似乎就一笔勾销了，无形中还在姚瑶面前竖起了一个标杆："看，我能为他自杀，你能做到吗？"明波一出门，姚瑶又觉得他被李莎夺去了，至少暂时被夺去了。李莎会死吗？万一出现这种状况，她和明波之间会不会出现裂痕？明波只发来一条信息，说到医院了，但病情不稳定，让姚瑶早点儿睡。姚瑶坐在客厅的沙发上看着电视发呆，午夜节目全是购物广告，她也没在意，听个声响而已。秋天夜凉，姚瑶妈妈给她拿来一条毯子。熬到凌晨三点，姚瑶妈妈给明波打了个电话，听说李莎已经抢救过来了，母女俩才放心睡去。

李莎的父母乘清早的第一趟高铁赶往上海，中午就到医院了。进病房后，李莎还在昏睡，他们与明波相视无语。明波告辞，在电梯口刚好碰见穆俊国，他轻声说谢谢，穆俊国点点头。

明波回到东方花园时已疲惫不堪，几乎要睡着了，不过车门一开，头顶的飞机轰鸣声立刻让他清醒过来，回想起姚瑶第一次来七宝时的场景。都是飞机惹的祸，让他"不知不觉满足被爱的虚荣"。

姚瑶一结婚就要换房子，这不就换出问题来了吗？虽然这事不能怨她，但还是觉得她跟刚认识时很不一样了。那时姚瑶多单纯可爱啊，才一年多就这么有主意了，他最怕女人有主意。这一天明波说话很小心，姚瑶和她妈妈也很小心，一家人当作什么事都没发生。

李莎很快就恢复了，继续参加EMBA课程学习。经历生死考验后，穆俊国与李莎的关系更进了一步，他们开始单独约会，此时李莎已是自由人，然而穆俊国却不是。李莎的态度很矛盾，她和穆俊国在一起时，以为自己不会介意他的已婚身份，还有什么比死亡更不能面对的呢？然而夜深人静时，孤独感又逼迫她回到现实中："穆俊国会不会离婚？看样子很难。他话语中透露的信息不坚决，对第二任太太的'讨伐'也不够彻底。"

穆俊国还没得手。她不让，他也只好忍着，像酒鬼守着一个酒坛子，非要等酿酒师一声令下才能开启。偏偏这个流程又特别长，他们旅行好几次了，次次都住双床房。因为李莎心有不甘，自己折腾了这么久，怎么转眼成了小三？

转机往往来自外部，穆俊国和妻子在孩子教育问题上产生争执，主要分歧在于留学时机。最终穆俊国的妻子获得了胜利，她要将孩子送到美国去，小学一毕业就去，如此一来她便成了伴读妈妈。穆俊国彻底自由了，有充足的时间来陪李莎。

秋天来临，菊黄蟹肥。有一次去巴城吃蟹，夜宿常熟，李莎紧绷的神经终于放松了，穆俊国得了手。劳累一夜的他裹着浴袍站在阳台上眺望虞山尚湖，空气中都是丰收的气息。在最好的年纪得到了最好的一切，人生得意莫过于此。李莎还在浴室中忙着梳洗打扮。她生怕见人，仿佛浑身都是二维码，别人用眼睛一扫就能回看她昨晚的表现。她想让服务员把早餐送上来。穆俊国劝道："这里没熟人，总归是要去走走的，老是闷在房里可不行。我想到一个好去处，虞山那头有个兴福禅寺，边上有个村落，跟成都的锦里一样是专喝早茶休闲的地方，什么都有。"

穆俊国给李莎点了一份蕈油面，自己选了大肉面，各一杯上好的碧螺春。刚落座，就有各种商贩前来兜售水果、零食，还有按摩、算命的。算命的女人恭维道："这位美女好福气啊，容光焕发，必有喜事啊。不过，有几句话姐姐不得不讲啊。"

李莎听了后一句，不由得一愣，那女人便顺势坐下，唠叨起来："妹妹啊，你面庞大气，鼻梁又高，是做大事的人，不过感情方面，怕是有些坎坷。"李莎便问她此话怎讲。

穆俊国本想支开这女人，见李莎着了她的道，只好耐着性子随这个女人胡说。女人道："妹妹是有故事的人，人见人爱，并不缺追随者，但凡妹妹能看上的都是人中龙凤。"这是句恭维人的废话，同时赞美了现场的男女双方，李莎和穆俊国的亲密关系在现场是显而易见的。

但这女人如果只有这点儿水平，也就没办法混下去了："不过凡事随缘，一切不能强求。是你的就是你的，不是你的也不用强求，拥有未必幸运，失去焉知非福。世上什么东西是一个人真正拥有的，谁也说不清楚。"这段话放之四海而皆准，却容易打动有心事的人。

"大姐信佛啊？"李莎不禁问道。

"有些道理在哪儿都能讲得通，佛家也好，道家也好，放在什么流派都管用。"这女人倒是很坦诚。

“大姐能否讲得具体点儿？”李莎觉得她说得挺有道理。

“婚姻这事多数女人看不透。早先女人结婚多半为了有个依靠，可到了妹妹这边就不同了，妹妹自己就有这个能力，不靠男人吃饭。”

李莎笑了笑，示意对方继续讲下去。

“看妹妹的面相，自然是桃花朵朵开，不过这婚姻运势似乎不怎么顺……”

李莎心想，这女人居然看出自己跟穆俊国不是夫妻。她还是想确认一下对方的功力：“可是我都结婚十年了。”

“哦？倒是一件好事。”那女人扭头看了看穆俊国，又转了回去，“婚姻终归是个形式，妹妹的幸福肯定自己能把握。命运这种事还是要基于现实，妹妹如方便，不妨写下生辰八字，讲讲过往和现状，待我细细算来……”

“还是算了，我本不信这个，不必麻烦。你就单从面相上说说吧，我将来的情感和婚姻会是个什么情况？”

“哦，这样啊。那就不具体分析了，送你一句话吧，退则随遇而安，进可渡海修仙。”穆俊国见状连忙掏出一张百元钞票递给那女人，示意她可以离开了。李莎确认了一下这十二个字，道了声谢谢，兀自回味去了。

穆俊国说这里每天往来的算命婆娘太多，大可不必在意那女人的话，李莎笑了笑，便转向其他话题。

姚瑶生了个女孩，一家人忙得不亦乐乎。新房宽敞多了，明波大部分时间也在上海。姚瑶还想接着再生一个，经营的事就全交给明波了。

明波做了一年CEO，业绩相当不错。他是做IT的，发挥自己的特长对公司进行信息化改造，随后他又实施了宁波、上海双总部策略。两项措施下来，企业有了新气象。

其中特别值得一提的是ERP系统。这可是伤筋动骨的项目，牵涉家族权力分配，搞不好公司就得瘫掉。之前姚瑶爸爸也搞过两次，都失败了，白花钱倒是其次，公司运转都出问题了，只好退回到原始的管理模式。但是ERP这个东西迟早都得上，不上就永远别想提高运行效率，也算不得现代企业。在这个领域，明波算是科班出身，他在外企做了多年的技术支持工作，和同事们配合做过很多ERP项目，国企、民企、外企，成功的、失败的都经历过。正是基于他丰富的经验，才说服了大家。项目实施前后花了一年时间，他也正好通过项目了解这个家族企业的方方面面。不管怎样，这年秋天对于明波来说同样是个丰收的季节。

第二年，在姚瑶的支持下，明波提出了以自有品牌为主、代工为辅的转型策略，而且要和全球通信巨头合作，引进物联网技术，做高端智能家电。不过这一步跨得太大，公司中层以上都反对，他们可不是普通的员工，几乎都是姚瑶家的亲戚，工厂起家时出过钱出过力的。反对的原因很简单，他们应对ERP已经气喘吁吁了，再也适应不了什么新的高科技。如果不反对，就等着被淘汰了。

姚瑶的父亲本来打算退居二线，现在被明波的激进式改革拉了回来。他也反对大动干戈，一是没把握，二是明波还压不住场面。总之，他觉得明波太急了，好歹用个十年八年再转型啊。明波说服不了岳父，只好姚瑶出面。她说生活消费方式升级得太快，做代工做低端没前途，一定要尽快向日本、欧洲的产品看齐。

老头子当然知道做高端好，可自家企业有这个基因吗？就靠你们两个？还不得大规模招人和引进技术？但这样很可能将十多年的积累全赔进去。现在代工的订单很稳定，利润可观。退一万步讲，哪怕把厂子卖了也够他们祖孙三代富足地过一辈子了。要是转型失败，就有可能捅出一个大窟窿来，甚至倾家荡产。他搞工厂二三十年了，见过无数企业的起起落落，绝不能接受什么置之死地而后生的冒险转型。

公司里当然还是董事长说了算，于是明波的转型策略就仅限于一场新闻发布会。明波还做了一些改革，比如规范营销体系，改进采购流程等，无一不涉及人事变革，向董事长告状的人越来越多。按说明波是姚家的女婿，外人告状应该不管用，但家族企业有些特殊，大家都姓姚，按照宗族观念，明波就是外人。“万一他们离婚了，不就成了外人？他又不是没离过。姚家人不管怎样始终是姚家人。”类似的言论广为流传，姚瑶父亲也开始下意识地防范明波，放权一事便搁置了。

两人的工作风格完全不同，时间长了不免有矛盾。明波毕竟只是副手，他懒得争执，干脆退回上海营销总部，将大量时间放在照顾妻女身上。老丈人顺势收回了大部分管理权，待姚瑶怀上第二个孩子时，上海营销总部已经彻底退化成一个子公司了。姚瑶不开心，对父亲意见很大，对明波的意见更大，事情没有按她的预想发展下去。

“我爸年纪大了，还是老思想，过几年就错过转型窗口期了，怎么办？”

“也许你爸说得有道理，整个公司只有我们两个具有国际化视野，难度太大，国际品牌这么多，我们很难在高端市场上分一杯羹。”

“你也说这种丧气话了？”

“时间一长，就发现很多事情确实不是一两个人能改变的，虽然我名义上还是CEO。”这是明波的心里话。一个以成本控制见长的代工厂要转型为高端智能家电公司，几乎没人看好。

“唉，没劲，你根本就说服不了我爸。还是李莎说得对，你不够有进取心。凡是能成就大事的，都应该像疯子一样坚持自己的主张。结果才重要，妥协谁都会，理由谁都会找。谁不知道转型风险大？要是风险小我爸早干了，风险不大随便找个人做CEO都行……”姚瑶越说越激动。

明波惊愕地看着姚瑶，半天说不出话来。姚瑶现在讲话的语气，竟然跟李莎一模一样，可以肆无忌惮地贬损自己的老公。为什么女人结了婚都这么有主见？说话都这么不讲究，莫非婚后就把老公当作下属了？还是私有财产？他想不通，难道所有女人都一样？这就是婚姻的宿命？

姚瑶怀了二胎，明波只好事事顺着她。可越顺着她，姚瑶便越发觉得明波窝囊。他原本只是一个外企小职员而已，女方扶植他做CEO，现在说话不算数了，还整天窝在家里，难怪人家怎么看他都不顺眼。明波觉得委屈，也只能闷在心里。

“渡海修仙”

姚瑶想为自己的小家换个环境，决定移居英国。她在那边上过学，信任那边的教育和法制体系。明波不适合在岳父的企业里待下去了，他没去过英国，也不知道自己能在那边干什么，于是回到自己的老东家，再次成为一个外企小职员。

外企有个好处，明波作为市场推广专员，可将自己的总部设置在全球各地，只要完成工作即可。因此明波在系统里将自己的总部由上海变更为英国南安普敦。他有三分之二的时间在英国，其余三分之一的时间在国内。

姚瑶作为明波的第二任妻子，对付夫妻分居两地有充足的经验，或者说她看到过太多反面案例。因此，她尽量压缩明波不在身边的时间，要求明波和自己不在一起时，至少每天视频通话一次。姚瑶认为，一个男人能被自己俘获，也就同样能被其他女人俘获。这方面姚瑶始终保持着相当的理性，从来不认为自己有超常的魅力。何况她总觉得明波独自回上海存在天然的隐患，这个城市有李莎。

果然有一天，明波在浦东机场发现了一个熟悉的身影，他的感受异常复杂，就像初夏第一次听到蝉鸣，冬日里见到第一场雪，有一种久违而熟悉的激动。这个身影就是李莎。明波知道她对自己有怨气，不过两年过去了，总不至于见了面招呼都不打吧。

“李莎？”他鼓起勇气叫出了她的名字，然而还是很生硬，从前都是叫她小名“莎莎”的。

“明波，你去哪儿啊？”李莎的回应要自然得多，笑盈盈的，看不出一点儿心存芥蒂的样子来，仿佛遇见了一个老朋友。

明波不知道，李莎早就发现了他。她也心潮澎湃，说不清是恨还是爱，是熟悉还是留恋。一直在纠结怎么开场，设想了无数种打招呼的方式，最终选择了最为平常的一个。待到明波发现她时，内心的波澜早已过去，所以才显得这么自然。

李莎的表情给明波以极大的震撼，仿佛过去的十几年被剪去了，婚姻、冷战、争执、离婚、自杀，都被抹去了，顷刻退回到十八岁那年，处于未有亲密关系前相互试探的状态。当年在校园中偶遇，吸引他的就是这么一副热情而美丽的笑容，“明波，你去哪儿啊？”“想去西门外旧书店淘一淘，看看有没有什么新的旧书。”“新的旧书？这个说法有意思。一起吧，我去西苑买酱菜……”明波觉得人生真奇妙，他们相识已经十八年了，人生的第一个十八年用来长大，第二个十八年用来体验成年人的喜怒哀乐。短短的回顾瞬间满是沧桑，似乎给自己的人生又画上了一个句号，什么都经历过了，往后该怎么办？

明波反应略显迟滞，回道：“伦敦。”他的表现都在李莎的预料之中，她太了解他的个性了，从来都不会掩饰自己的情绪。明波要飞伦敦，她一点儿也不觉得奇怪，早有人告诉过她，明波的CEO职位被他岳父给免了，又回到了原公司，还跟着姚瑶去了英国。

“经常来回跑吗？够辛苦的。”李莎头一回像关心朋友一样关心明波，相互都不太适应。

“嗯。”明波像是一个机器人在应答，一般这个时候还会问：“那你呢？去哪儿？”他果然这么问了。

“唉，墨尔本。”李莎回答明波时，忍不住自己轻叹了一口气。

两年前，她和穆俊国在一起了，为了方便，几乎都是住酒店。工作日住上海的五星级酒店，周末住长三角的酒店，有时也长途旅行，这样的好处是不触及对方原有的生活。穆俊国从来都不在她跟前提他的妻儿，这段日子过得就像蜜月。

半年后，穆俊国去了一趟美国，一待就是一个多月，然后又陪妻儿回国度暑假。李莎被晾在一边好长一段时间，中间不能打电话不能视频。穆俊国的妻子似乎知道他在外面有女人了，也不点破，只是加强了管控，一离开她视线就用各种方式查岗。李莎郁闷极了，原本以为穆俊国具有相当的自由度，相当于事实离婚，没想到之前只是规避得比较好而已。她成了名副其实的“小三”，尴尬又耻辱。

她与穆俊国长谈了一次，穆俊国叹息道：“说了那么多，还是想不通，前段时间我们不是过得挺好吗？你们女人为什么一定要有个结果呢？结婚了不一定快乐啊。”对他来说，保持现状百利而无一害，他觉得这种状态同样适合李莎。

李莎道：“我需要长期安稳的陪伴，想要自己的孩子，孩子将来能有父母陪伴。原以为你能给我这些，现在发现你根本做不到。当初为什么来撩我？”

“你之前不是追求成功和自由，要过精彩的生活吗？怎么这会儿又变了？如果你需要的是陪伴和养育孩子，跟邬明波一起不就实现了吗？何必再折腾呢？”穆俊国认为她的话没有逻辑，什么都想要，本来就不可能。

然而李莎认为他同样不可能什么都要：“呵，穆俊国，你现在说这种话，把责任全推到我身上来。你追我的时候可从来没提到过老婆孩子，就跟单身一样。你站在我的立场上为我考虑过吗？想过现在这个局面吗？”

穆俊国知道，这个话题无解。现实摆在那儿，离婚对他没好处，他将损失一半的财产，而且有可能失去对企业的控制权。就算他再次离婚和李莎结婚，他们能幸福吗？李莎虽然比妻子年轻几岁，可结婚生子后，还不一样开启了新的轮回？将来李莎也得像妻子一样管着自己。穆俊国笃定结婚这件事一次就够了，他有过两次，孩子也有了，新的婚姻能带来什么？只能带来新的约束和负担。况且一切假设都不成立，他根本就离不了婚。

不管怎么闹，事情依然没结果，李莎不得不做现实考虑。虽然上海是中国最宽容的大都市，对于离婚女性来说还算友好，她还是觉得生活走到了极端，想起大学毕业前她问过明波的一句话：“我们去上海会过得幸福吗？”明波答复的是“应该会”，她的要求是“一定会”。显然，他们对幸福的理解有差异。虽说他们分手不是因为上海这座城市，但这里毕竟是她的伤心之地。跟穆俊国摊牌之后，她更是对这里的一切都提不起兴致来。此时她的老同事林强又发挥作用了，他建议道：“穆俊国在我们EMBA学员圈子里也算是名人了，他这么搞，尽人皆知，你在上海甚至国内还怎么混？让他把你弄到美国去吧。”

她也想去美国，穆俊国不同意，因为他的老婆孩子就在美国，但凡她们同处一块大陆上，危险系数就相当大。他本想让李莎去英国，可是她不想去英国，因为明波和他的妻女在英国。后来，穆俊国找人帮李莎移民澳洲。然而到了澳洲之后一切还得靠自己，她将中远两湾城的房子卖了，在墨尔本购房，找了份IT行业的营销工作。她与明波在机场重逢时，正好办理完手续，准备正式移居墨尔本。

“墨尔本？”明波听到这个答案，头脑中有很多疑问。她究竟是旅行、出差，还是已经移民澳洲了呢？候机厅里，三三两两兴奋异常的是游客，打开电脑默默办公的肯定是商务人士，从李莎气定神闲的表现来看，既不像探索未知世界的样子，更不像公务缠身，所以他猜是移民。

“嗯，以后就住那边了。”李莎的回答证实了他的猜想。他们之间将存在十小时的时差，咫尺天涯这个词用在他们身上再合适不过了。

明波还想说点儿什么，却不知从何说起，便叹了一口气，思绪万千，全在这一口气里。但作为一起生活过十几年的女人，李莎能猜到他在想什么。即便明波还惦记着自己，又能怎样？他早不是从前的明波了，他有新的家庭、老婆和孩子，他们已经回不去了。

对于李莎来说，明波不再是亲密关系中的唯一，她对男人有了新的认知。好比自己小时候只吃过鲁菜，喜欢过也烦腻过，后来什么菜都尝过了，对鲁菜的评价就比较客观，不再执念。

他们就像是山涧的石头，崩裂后经过溪水的长期冲刷，裂面早就圆滑了，再也无法契合。何况明波对待感情、对待事业都是一个态度，他从来就不很坚持，绝对算不上有进取心。

想到这儿，李莎也想说点儿什么，同样不知从何说起，也叹了一口气，像是一种回应。他们低头沉默着，也不知思绪隔空纠缠了多少回合，终于等到了李莎登机的时间。

“明波，我得先走了。”从前她常说这句话，早餐后，拎起包匆匆赶去上班，然后明波刷碗。

“哦，路上小心别过站了。”明波习惯性地答道。

“好的。”李莎起身后回顾明波的最后一句话，无比熟悉的一句话，此刻却让她百感交集。过什么站？她心中一阵慌乱。

怎么会这样？分别时都得伤感吗？可他们之间已经没什么关系了，缘分已尽。旧情人偶遇而已，多数情侣分手后都分外眼红。

李莎眼鼻一阵酸，忙将脸转过去，泪水等不及主人的掩饰，啪嗒、啪嗒地坠落，溅出一朵朵小花。进入登机通道时，她不禁回头看了一眼。

明波在座椅上低着头，双手捂住脸额。她禁不住停下脚步，却差点儿踩着后面人的脚。她只好往前，怅然若失。

“第三次投胎”

蔡笑笑大学学的是艺术管理，毕业时赶上读理工科的男友要出国留学，便匆匆地做了结婚登记一起跟去读书，数年后，她也拿到一个管理学博士学位。这时老公又决定回国做科研，她也只好带着孩子跟着回国找工作，虽说前前后后耽搁了不少年，但她的学历条件还是非常优越的。她的目标单位有两家，一家是股份制银行，起薪就是四五十万每年；另一家是某985大学教务处，收入不高但有部属事业编。两家单位的面试笑笑都参加了。

高校招聘主要看材料、看成果，笑笑有博士学位和论文，所以竞争并不很激烈，流程走一圈下来就通过了。

可银行不一样，人家待遇好，竞争者众多，岗位对学历要求不严格但对工作能力要求颇高，由于笑笑社会经验不足，优势不明显。

笑笑正要打退堂鼓，有姐妹告知内幕消息，负责招聘的银行副总酷爱哲学，她作为文科博士具备明显优势，可以在这方面多做点儿功课。可是，哲学门派众多，领导究竟对什么样的哲学思想感兴趣呢？传递信息的姐妹说只知道领导喜欢哲学，但提到的哲学家和思想流派，自己一个也记不住。笑笑只好把读大学本科时留下的大部头哲学书搬了出来，硬“啃”了好几天。

面试时，这位有文化的老总提到了克尔凯郭尔，笑笑知道这个丹麦哲学家是存在主义的奠基人，除此之外就说不上来了，因此她只讲了这么一句。领导便提出了第二个话题：“我们来讨论一下第欧根尼的犬儒主义和老子的学说有什么异同。”

笑笑一愣，领导这是要无为而治吗？银行家干吗这么保守？她对两位学者的理论都不太熟悉，只好简单地说了说自己的看法。结果领导顺着第欧根尼的学说又提出了新的问题。笑笑想，自己做的这点儿哲学功课完全唬不住领导，再撑下去就是胡说八道了，只好苦笑了一下，摇了摇头，说抱歉。

于是笑笑去了大学教务处工作。

为祝贺她成为大学教工，朋友请她吃点都德。这家粤式餐厅热闹非凡，却丝毫不影响两个人在这里探讨一些八卦话题。

“之前很多人说教务处是个江湖，像我这样从海外回来的不适应，我不信，现在总算体会到了。”

“啊？按说大学里好很多。”

“还是不一样。现在这个教务处，我都搞不清跟哪个同事说话要更加小心一点儿。比如我昨天才知道，旁边座位那个同事是我们主任的侄媳妇。呵，你猜我是怎么知道的，我昨天傻乎乎地去问主任，这位同事的婚礼您去吗，下一句还准备问该随多少份子的。结果主任说，那是我侄媳妇，当然要去了。好家伙，直接把我下一个问题给憋回去了。”

“哈哈，我明白了，你从昨天到今天，一直在反思自己之前有没有说过什么不合适的话对吧？”

“对啊，到现在还反思呢。你知道最搞笑的是什么吗？前几天我还跟这个同事私聊，议论我们部门的另一个同事是校领导的家属呢。唉，真是的，在这种人际关系上，我怎么一点儿洞察力都没有？"

"没关系，习惯就好。"

"真的很难习惯。从上班第一天开始，我就在不断地闹笑话。当时我们部门正好搬进新大楼，那天早上我到的时候只剩两个空座位了，一个靠门，外人一进门就能看到电脑屏幕，另一个靠窗，我当然就选靠窗的了。这时有个小姑娘跑过来跟我说，这个座位是给王老师留的，我当时就反问她：'王老师来了吗？'小姑娘摇了摇头，说王老师第二天才来。于是我又问，王老师有说过这位子是她的吗，她还是摇头，于是我想都没想就坐下了。结果怎样，还不到下午，我就被领导要求挪到门口的位子上去了，唉！"

"哈哈，这个故事比前一个还好玩。"

"我在想办法调换一个部门，争取回校本部上班。"

"你刚去就换部门？不容易吧？"

"当然不容易。可是我每天从家到学校，虽然有校车，单程也要一个半小时呢，为了不用赶校车，我还在学校对面租了个房子。现在我们把自己的房子偷偷租出去了，要是被单位知道了，还会被要求退房呢。"

"不对啊，你老公停薪留职，应该还能住啊。"

"住是能住，不允许出租。可是我不租出去，哪来的钱在学校对面租房呢？"

"你们前几年不是还买了个小房子吗？"

"那个更远，而且面积太小，月租金才四五千。现在两套的租金租一套才能持平。”

“想办法换一套大房子吧。”

“哪这么容易啊！我们两个人的工资都不高，市区房子十几万一平方米，还是先保住老公原单位那套房子吧。”

“其实在上海你们算过得不错的了，一套产权，一套居住权，都在市中心。老上海人才能达到的水平啊。”

“唉，要看怎么比了，跟我那些大学室友比起来，算是垫底的了。反正我对现状不满意，很不开心，有时候甚至想离婚……”笑笑放低了音量。

“离婚？”这两个字从笑笑嘴里说出来，多么不可思议。

“是的，想了很久了。我觉得这段婚姻对我没有什么价值，唯一的收获是生了个孩子。”

笑笑之前讲过，她的每位室友都嫁得比她好。她最用功，脾气也最倔强，一直读到博士，又找了个同年龄的老公结婚，算是旗鼓相当嫁给爱情了。不想结婚生子后情感就淡了下来，老公不做家务，孩子也不管，所以她觉得很辛苦。每次跟室友们聚会，都感觉差距好大，人家根本不用考虑房子的事，孩子也不用自己带，也不怎么工作，只管整天把自己打扮得漂漂亮亮的。

笑笑开始后悔放弃了初恋。他们当时已经谈婚论嫁了，对方父母派人去她老家，调查有无家族精神病史，她一气之下分手了。“现在觉得，顺着别人的安排过日子有什么不好？一切问题都解决了，哪用得着这么费劲啊？真是选择大于努力，不做选择最好，直接躺平。”

“你的怨气还是来自对你老公的不满吧？他没什么家世背

景，其实从小镇青年混到现在这个程度，也算很努力了呀！”

“对啊，人家的起点，是我们奋斗到老也抵达不了的终点。他现在一点儿也不在意我，时间都耗在工作上了。我们的婚姻跟想象的太不一样了，这个家我撑起了一大半，他只管他自己。唉，男人怎么变化这么大？当初选谁都不会更差。”

“生活不能假设，你目前的状态至少不坏。你看这商场里人来人往，又有多少人把你的起点当作了自己终点。但他们都过得很快乐啊。”

“他们这种快乐我体验不来，得和我的小伙伴们比，总不能混得相差太远吧。”

“那你想过没，阔太太的快乐来自哪里？我们先假设她们都是快乐的。”

“有钱有闲，做自己认为有意义的事。人家有大树罩着，什么都好办。而我自己就得做一棵树，又没什么根基，还要罩着自己的孩子，多累啊。我老公是另外一棵小树，枝不繁叶不茂，连相互扶持都谈不上。现在再读舒婷的《致橡树》，完全是另外一种感受，什么木棉、橡树，想要花前月下，首先得腰粗，否则连一次台风都熬不过。我算是明白了，什么李白杜甫、文人骚客，得有钱供养才行。我们都读到博士了，如果自己还要去搞生活费，就堕落成上班族了，什么艺术爱好，什么琴棋书画，都坚持不了。”

笑笑的自我分析很深入，朋友就不好再接话了。

笑笑为什么不快乐呢？和别的故事里的女主角比起来，可以说是完胜啊。有学历、有户口、有编制，有老公、有孩子、有房子，有的人可是什么都没有啊！但她那些室友早已轻松地拥有了这一切，要么放手追求艺术上的成就，要么在家相夫教子，还有的成了明星……

笑笑那天说过："在旁人看来，我老公并没有过错。但是，我可以对自己曾经的选择不满意吗？"

没错，她对自己老公的不满意，实际上是对自己的选择不满意。这种不满意无法通过劝说解决问题。劝慰，只是通过言语让当事人从另外一个角度理解问题，并未解决核心问题。按笑笑的说法，她非得达到和室友一样的成就才能解开心中的疙瘩呢，要么有钱，要么有很高的社会地位，目前看来，靠老公实现的可能性非常渺茫。怎么办？想办法提升自我？或者像鸡汤文里说的那样，找点儿"更高级"的精神追求？

这天，朋友又接到了笑笑的电话，话题是接着上次谈话的。

"后来我想，自己回国时的定位是不是错了。找一份高薪工作，比如银行，或者进一个事业单位，比如大学，这些是我当初想要的吗？我觉得自己在选择婚姻时没想清楚，回国的时候更没想明白。有人说婚姻是女人的第二次投胎，并不是说我们女人一定要靠男人生活，我们都有不错的工作能力，甚至比普通人还要强一些，但的确有人通过婚姻得到了更高的平台。反之有些男人也这么做，这是社会现实。通过婚姻获得新生，我已经没机会了。但择业不亚于一次婚姻，我觉得还有机会。"

"听起来有那么点儿意思了，打算怎么做？还是要离开教务处？"

"没错，幸好我在学校里工作，学校里什么岗位都有。我要去找艺术学院的领导谈谈，哪怕不能成为专业课的讲师、助教，能做相关工作就好。如果这个要求得不到满足，就想办法调去别的单位。总之，我再也不要做行政了，这不是我的特长，我不要才三十多岁就做这种准退休性质的工作，还是要回到自己的专业方向上来。只有这样，我才可能快乐起来。你说，我当初怎么还去银行应聘呢？就是为了那几十万的工资？现在想起来太愚蠢了。”笑笑言语中轻松了许多，“前些天只想着上班路太远，办公室政治太复杂，想调到本部来，换个人际关系简单点儿的部门，我的格局怎么那么小呢？哈哈，现在终于想通了，这是我‘第三次投胎’啊，怎么能轻易躺平呢？”

笑笑没再提起离婚的想法。人真的是一种很奇怪的动物，几句话就可以改变情绪，几天内就能改变人生轨迹。

通话的最后，她说为了感谢朋友在她“第三次投胎”中发挥的“树洞”式作用，决定回请一顿点都德。朋友说点都德哪行，这回得誉八仙。

安全绳

“您这房子视野不错啊。”男师傅道，他拎着工具箱和配件袋，旁边应该是他的妻子，肩上扛着一捆安全绳。

我说：“楼层高嘛。”

“客服派单时，跟您说过需要加高空费吗？”

“说过了，应该的。这么高，我从阳台望出去就晕，所以才听物业的，统一封阳台。结果物业说，最好先把空调装上，他们才好开工。”

“没错，这小区我跑第二趟了，都是封阳台之前装空调的。”

“你们还是夫妻搭档？”

“哦，这是我们的证件，两个人都有。”

“师傅客气了，不用看。我的意思是夫妻俩搭档干活儿比较方便，挺好的。”

“也有一个人揽活儿的。但这个事最好有人搭把手，总不能找业主吧。”

“美女，你放心，俺也是专业的，俺两个干这个有十年了，一直在杭州。我们这种平台派单的，都交了保险，你们业主不用承担风险。千万别找小区里那种施工队，没合同，没考证，没买保险，万一出了问题，就跟网上说的那样，房子赔给人家都不一定够，哈哈。”女师傅开口说话了，主动打消我的疑虑。

其实我不太喜欢“美女”这个称呼，不过也只好将就了，解释道：“我还以为，你们高空作业的人忌讳谈这个呢。”

“这有啥好忌讳的？每次都做好安全措施就好，忌讳不忌讳的，有啥用啊？关键是安全措施要到位。美女，你说是吧？”男师傅也叫我“美女”，听起来像“美铝”。唉，美女就美女吧！

“一共三台空调是吧？”他们立即开始动手拆解客厅里的六个大纸箱。

“是的。”

“美女，你真会买东西。我们装了这么多空调，就数它们家的好，我们在老家新盖的房子，也是用的这个牌子，在那边都没人认得。不知道的人，还以为是杂牌，其实这是最早的空调品牌，很多其他牌子都用它们家的压缩机，你看这包装多扎实，管子够长，也不用加钱买了。”女师傅这么夸我，让我不知怎么答好。

“其实我也不懂，品牌比较放心，就贵几百块钱而已。”

“家电这种东西，都几十年了，一分钱一分货，贵的肯定好，美女你这思路中。”男师傅也一口一个“美女”，我真想纠正他们，可是，他们应该怎么称呼我呢？想想还是算了吧。

“你们是河南的？”

“没错，来杭州十来年了，空调安装这活儿，到今年也接了第十年了。早先在工厂里做，后来改行了。”

我便附和道：“毕竟这个专业性更强，赚钱也多点儿。”

“确实比打工强。两个孩子都大了啊，不这样怎么赚钱？”

“你们有两个孩子啊？真好，多大了？”这是废话，他们一看就不像是只生一个孩子的，更不可能是丁克家庭。

女师傅回道：“我们家老大明年高考，老二今年中考，前段时间这不又一起回老家去备考了嘛。”

“多好啊，马上就要熬出头了。”我试着采用他们的语言来交流，当然是我以为的那种，没想到真有效果，话题进一步打开了。

女师傅继续讲道：“哪有啊，上了大学要花钱，后面还要结婚娶媳妇呢，呵呵。”

“两个男孩子啊？要管那么远？”

“唉，人这辈子，不就是为了孩子嘛。”女师傅笑着说，男师傅则微笑着低头干活，我顿时觉得他们过得很充实。可不是吗，目标清晰，脚踏实地，身体健康，乐观豁达，这会儿脑子里闪过的全是褒义词。他们可没抱怨过孩子不能在杭州高考之类的，也没提这个城市房价高不高的事。

“来，先装南边两台。”男师傅对妻子说，意思是一起将室外机抬到阳台去。看来他们想先攻克难关，北面那台是安装在走廊边的，要容易许多。

阳台上光线强烈，我便留在室内，也避免给他们添乱。男师傅先将安全绳系在身上，说是系，实际上是穿，因为那形状相当于一件马甲，将两条腿也绑进去了。对了，这不就是迪士尼乐园古迹探索营的那套装备吗？

这阳台护栏是全玻璃的，好看是好看，可那金属构件细细的，能安全吗？女师傅可能也有这个担忧，虽然男师傅将绳索固定好了，她还是将绳子又往自己腰上绕了两圈。非但如此，她又把自己和老公之间空出来的几米绳子在地上绕成圈，将双脚踩在上面，双手紧拽着另一头。

她这个动作大大地震撼了我。我没敢出声，只是静静地看着，脑子里有无数想法："这是双保险吗？假如，万一，栏杆不牢固，他们俩不就一起……她真勇敢……是正规的操作吗？我是不是该给他们找找其他的固定点……"

不过，随着男师傅跨越栏杆，整个身体悬在半空，我紧张得半个字也说不出来，甚至连脚步都不敢挪动半步，生怕发出任何一点儿声响对他们产生干扰。

女师傅也没动，只有男师傅轻松自如，找到落脚点后，将第一个空调机稳稳地放在开发商预留的空调机位上。

"开发商搞的这个空调机位有点儿尴尬，如果硬塞两台机器就太挤了，连点儿缝隙都不留，不方便安装管子，也不好散热，看来另外一台要放支架上了，去把电钻拿过来。"他对妻子说道。

女师傅怕我听不见，将这个意思再次向我传达了一遍，我同意了。她又笑着对我说道："美女，麻烦你把客厅那个电钻给拿过来好吗？就是那个工具箱，整个拎过来就好。"我知道，她不愿改变目前站姿。

当然好，我很愿意为他们做点儿什么。于是我去提那只箱子，好沉啊。

南边阳台旁边的空调安装顺利完成，男师傅去北面房间忙去了，因为不需要高空作业，女师傅和我在客厅继续交谈起来。

“北面安全多了。”我说道。

“都安全，只要措施到位了都安全。”

“那个，绳子系身上，真的管用吗？”我还是把这个疑问讲出来了。

“呵呵，当然管用。其实这个安全绳系好了，人是不会掉到楼底下去的，但中间磕着碰着也是非常严重的，因为你不知道过程中会碰到什么，阳台啊，墙啊，晾衣架啊，什么都有可能。最好的办法，是一滑脚时我就把他拉住。”

“那个时候能拉住吗？”

“肯定能，不就一百来斤吗？哈哈，这点儿力气我还是有的。他脚踩稳点儿，还有腰上绳子绑着，我再用把力拉一下，他就能找到着力点，这样顶多划破点儿皮，人是安全的。要是等到绳子都放下去了，都下去几层楼，当然就拉不住了，那时候就只能靠栏杆拽住了，这是最后一道防线，人肯定会受伤的。这么多年，没出现过这个情况。”

“打滑的情况出现过吗？”

“怎么没有啊？肯定有，有次本来天气好好的，突然下了会儿雨，就打滑了。这种时候我就把绳子再收短些，稍微一滑，我就使劲拽，他就不可能滑下去。”

“那还挺危险的。”

“放心，这种情况很少，一般都避开下雨天接活儿。”

“会不会觉得做这种工作总是提心吊胆的？”

“那怎么办？什么工作都得有人做啊，至少有点儿钱赚。

一天接一两单，一家子的基本开销就够了，其他时间还可以干点儿别的。上哪儿去找这样的工作啊？没有危险的工作大家不抢着做吗？其实还好，就是每次把安全措施做足，就可以了。人命关天的事，不可能不小心的，所以也不用特别担心，自己一定会注意的。”

“攒下的钱，就回家盖房子？”

“那自然，咱也不懂炒股，存银行也没几个利息，就回老家盖房，去年在县城里还买了一套。”

“两套房子了？”

“不够，”女师傅说得很坚决，“乡下的那栋是在自己的地盖的，将来留给我们两个养老，孩子们过年过节回来住住。城里得有两套房，孩子们将来不可能再种地了啊。所以我们还得在杭州再干上几年，把老二的房子也挣出来，那时候年纪也大了，爬不动楼了，再回老家开个杂货店啥的，不就安稳了嘛。”

“哎呀，我觉得你们思路很清晰，事情都安排得很好。多少家庭都没有你们这种规划。”

“什么规划啊，是没有别的办法。咱也不会干别的，也不会修车，也不会用电脑，就只能干这个。孩子们将来有一技之长，就没那么辛苦了。”

“这还不是一技之长啊？普通人哪敢爬那么高啊？”

“我们刚开始也不敢。”女师傅说话底气真足，听起来一个“敢”字从地板顶到了天花板，“那怎么办？那时候家里房租都凑不上，只好接了这个活儿。第一次爬楼，我腿都发抖。”

“您也爬楼？”

“怎么不爬啊？有的空调架子留的位子小，他进不去，只能我去。其实我在外面更好，更轻嘛，他肯定能拉住我。不过一般来说，不到万不得已，他不会让我爬楼。”

“是啊，大哥怎么舍得呢。”

“呵呵，需要爬还得爬啊，不舍得咋办呢？要吃饭啊。”

“真的，你们是我见过的夫妻搭档中，感情最好的一对了。”

“呵呵，感情好不好，咱也不敢说，也不知道别人怎么过，啥个叫好？反正现在娃娃们都回老家了，就我俩在这个地方，自己不对自己人好，还有谁对咱好呢？”

“公司给你们交社保吗？”

“这两年是交了，说是公司，其实也就是挂靠，扣的钱也是自己的。咱还是要回去的，也不知道将来社保这个钱怎么算，能不能让咱带走。”

“有没有想过留在杭州？”

“就我们两个来说，留在杭州意义不大，在这儿干活挣钱就行了。假如孩子们将来有这个本事，考回杭州来，在这边生活，也可以考虑。这就不是我们考虑的事了，得看他们的本事，我们是没办法买您这样一个房子了。”

“其实这房子也不贵的。”

“不贵？不贵也得几百万，再差一点儿的两三百万总要吧？咱没那个本事，孩子们还有爷爷奶奶、外公外婆要看病，买个几十万的房子就气喘吁吁了，咱也贷不了款。”

“没错，一家人整整齐齐的，快快乐乐就好。大姐，为什么不能贷款呢？你们年纪不大啊。”

“我们这种又不叫有什么单位，哪个银行会贷款给我们？”

“按说房子有抵押，理论上总会有银行愿意的。”

“还是算了，咱不想负债，还要交那么些利息。将来孩子们如果考上大学，有个稳定工作再说，那是他们的本事。也不知道到那时候孩子们还愿意让我们来杭州不？”

“肯定愿意啊。你们对他们那么好，给他们交学费、买房子。再说了，你们对自己的父母都那么好，孩子们也一定会对你们好的。”

“呵呵，谁知道。现在年轻人有自己想法，不愿意跟老人住一起。”

“大姐，您跟大哥还很年轻好不好。”

说话间，男师傅就把北面房间的空调也装好了：“美女，来看看，现在把三台机器都打开试试。”

“好的。”

一切顺利。我便从手机上付款给他们：“这样吧，我凑个整数，多出来的几十块钱，就当今天吃快餐的钱了。”

男师傅：“那不行，我们这个收费，公司都是要看记录的。”

“哦，那我付现金给你们。”

“不行，还是该多少就多少。”男师傅坚决不愿意多收费，女师傅也只是笑笑。

“好吧。”我只好放弃了，反而不好意思起来。在他们出门的瞬间，又想到一个新点子：“那么，我在业主群里推荐你们吧，也许能接上几单。”

“中，中，多谢美女。”他俩齐声道。唉！又叫我“美女”了。

“女到中年皆微商”

久不联系的寇姐给我发微信，说有时间一起喝个咖啡吧，她要讲讲自己的经历。作为一名作者，既然别人愿意主动地讲自己的故事，当然没有理由拒绝，我愉快地约好了地点。

远远地看见她，身上的裙子挺漂亮，细细的花纹素雅新颖。寒暄中，发现她有不少改变，变得健谈起来，而且改用丹田发声了。她之前话很少，总是轻盈盈的，透着丝丝羞涩温婉，怯怯的新媳妇模样。

聊了好一会儿，她才说出约我的真正意图，想让我帮她推销保健品。我看了一眼产品资料，竟然不是正规厂家生产的，价格还特别高。她说：“就微信朋友圈转发就好了啊，你那么多好友粉丝，干吗不赚点儿钱？也顺便帮我完成点儿业绩……”

接下来的谈话，叫人直想逃。刚开始我还觉得她衣着优雅，现在觉得一切都是骗人的，连带她衣服上的纹理都面目可憎了。大老远把人约来就谈这个？太过分了吧？你不尊重自己的人生倒也罢了，还要浪费别人的时间。说实话，我真有点儿恼她了。

最后，好不容易才逃走。回家路上我开始反思，没了解清楚就赴约真是太草率了。另外也感到疑惑，生活挺平稳的一名职场女性，怎么也做起微商来了？按说人到中年，人生经验和工作能力均达到峰值，掉入各种“坑”的概率要低很多，为什么看起来知性、美丽、大方的她也中招了？

说微商是个坑，很多读者朋友会不同意，毕竟有相当比例的女性正在从事微商。这里要声明，并非所有的微商都是“坑”，通过微信朋友圈卖卖家乡土特产，比如柚子、橙子、蜂蜜，还是蛮好的，但通过微信好友强推产品，有分级抽成的基本上都是“坑”。

如何分辨是不是“坑”呢？可以从产品和价格上简单地判断，如果销售的是大众消费品，本身利润率不高，应该得到鼓励；如果产品的价格明显过高，那么营销过程中自然会产生大量谎言。如今线上购物无比方便，点点手机屏幕货物就能被送上门，为什么还要通过熟人大费周折呢？

另一个朋友听说此事后感慨道：“女到中年皆微商啊，现在谁朋友圈里没几个做微商的女人呢？躲都躲不开。”

“女到中年皆微商”当然是种夸张的说法，并不代表所有女性都会走这条路，但比例还是挺高的，那么这些女性朋友为什么要专职从事微商呢？

一是很大一部分人为了逃避职场，认为职场中的工作、人际关系都是强加给自己的。厌倦了在领导的指令下干活，厌倦了尔虞我诈，厌倦了上下班路上的街景，甚至厌倦了中午的工作餐……而自己做微商，产品大多是日常消费品，超级接地气。朋友圈好友都是主动认识的，这样的人际圈子显然比职场更轻松舒适。不用朝九晚五地挤地铁、公交，也不用在上下班路上开车和别人斗气，不用抢车位。有空约朋友喝喝咖啡，平时在家编辑信息、发发货就能赚钱，多好啊！

二是创业门槛低。做实业多累啊，就以开店为例，要考虑店租、物业管理、消防、营业执照、员工薪资等一系列琐碎事务，而多数微商不需要投入太多资金成本，有的甚至连收发货都免了，简单地说就是线上做中介拿差价。

三是听信了一些做微商轻松致富的故事。显然，微商也符合“二八原则”，比例只会更加悬殊，大家看见的永远是金字塔的顶端，现实中从事微商收入高过职场的寥寥无几，多数人还是靠家庭积蓄度日，可朋友圈里永远只传播发迹的故事。

这三点的共同之处就是想偷懒、走捷径，可现实中并没有那么多捷径，走不通的路便是“坑”。大捷径大“坑”，小捷径小“坑”，就算不损失金钱，也消耗了时间成本、机会成本、人际关系成本。

做微商的人如此之多，其实很难避开，有时也只好放平心态应对。再次被做微商的朋友约喝咖啡是在去年，见面后她一点儿推销的愿望都没有，只是倾诉：

“感觉自己被生活暴击了。我出生于小城镇的普通工薪家庭，年少时认真读书，不敢谈恋爱不敢玩，可以说是心无旁骛，好不容易考上211大学来到了大城市。毕业后找了份外企工作，买房结婚生子，自以为人生上了一个新台阶，算是中产了。没想到最近几年，生活就像过山车一样开始急速下滑，刹都刹不住。

“我老公可以说是典型的经济适用男，虽然如此，我觉得从双方家庭出身、社会地位各方面来说还是匹配的。结婚生孩子之后我们跟上海的普通家庭也没什么不同，上班，下班，周末带孩子逛公园、商场，有时候也会去旅行。

“可是从三十五岁以后，就觉得工作上特别不顺，几乎所有升职的机会都没赶上，薪资增长得也很慢。公司同事之间的交流也越来越少，从最早的‘70后’渐渐更新成‘80后’，现在是‘90后’，不知不觉中领导们都比我年轻了，我还在原来的位子上。再往后，都融入不进去了，感觉部门里有很多事都针对我，做什么都不对。按说我是老员工啊，各种事情驾轻就熟，可人家的游戏规则整天变，连排个年会都要跳她们选的街舞，我多大了啊，夹在当中多尴尬。

“去年我终于离职了，走之前部门同事一起聚餐，没一个说人话的，什么恭喜财务自由，提前二十年退休之类的。唉，姐姐我连房贷都没还清，老公一个人的工资也养不起整个家。最后我还要赔着笑脸埋单。

“离职之后，我本想过段时间找找别的机会，才发现之前这个朋友那个朋友，说安排个中层职位没问题的，后来全都有问题了。连说辞都一样，什么当下经济形势不好，工作很难找之类的。当下经济形势怎么不好了？这套说辞讲了二十年，中国就发展了二十年。唉，就是不愿帮忙，找个借口而已。不过呢，找家小公司做底层职员实在不适合我，这个年龄总不至于去做行政吧，做销售压力又太大，我怕扛不住。于是我决定自己做，结果发现也不好做，之前很多人说支持我创业，现在连微信都不回，感觉连朋友都做不成了，我才体会到那些房产中介、电话销售有多难。”

说到这里，我感觉她眼泪都要出来了。她过得这么惨，怎么办？买几千块钱的产品支持她吧，买东西之前应该先安慰她几句吧，说点儿什么呢？

我正在想词呢，不想她突然诡异地笑道：“哈哈，还好天无绝人之路，前几天我正发愁呢，有一位高中时隔壁班的男同学，当时暗恋过我，突然从朋友圈中跳了出来，从我这儿买了一堆东西走，说他们单位发福利正好能用上。这样一来，我这一个月都可以不用忙了。今天，是我一个月来第一次不用为了卖产品而请朋友喝咖啡。”

“啊，这个叫什么……英雄救美？”我被惊得说不出话来，另外也感到欣慰，毕竟“第一次不用为了卖产品而请喝咖啡”的朋友是我。

“他当年一说话就脸红，特别害羞的一个男孩子，没想到出息了，现在是一家国企的高管，所有董事里最年轻的。我都不记得什么时候加他微信的，没想到他一直猫在朋友圈里偷看我的动态，关键时刻一出手就是好几万。他们办公室负责福利采购的小姑娘说话还特别客气，特别轻柔，一口一个寇总，好像我是她们大供应商似的，听得我心里麻麻的，脸上一阵红一阵白。”

“那还蛮好的，反正他们国企人多，也用得上这些东西。要是个人购买，得说服多少人才能达到这个数字啊。”我不得不找出一些话来附和。

“嗯，现在国企采购也严格得很，所以他们走的什么部门经费。”

“你们这二十年来都没见过面吧？”话刚出口，我就担心不合适，二十年，从年龄上来说，是多么敏感的一个数字。

“可不是嘛，一直没见过。昨天他突然约我今晚一起吃饭，按说我应该请他才对，于是微信里多说了几句。然后他就神经兮兮地讲了些暧昧的话，说二十年来一直无法表白，怕见了面还不敢，还不如在互联网的掩护下提前一天讲，结果搞得我这心里七上八下的。二十年来什么都变了，我也人老珠黄了，他现在来讲这个。唉，你看这顿饭又无法拒绝，所以先约你出来喝咖啡，等下见面的地方就在对面。”

原来如此。后面的话题无非是她对中学时光的回忆，以及现在的惶恐和期待。我大胆地猜测，这顿饭过后，两人的关系还没热就要凉了，相当于二十年后“见光死”。虽然寇姐的皮肤和容貌保养得比同龄人好，然而心态不复从前，再也没有小姑娘的那种神情，举手投足、眉眼间都充满了中年女性的困惑。那个特别害羞的男孩，想必早已“中年油腻”。这顿饭除毁灭彼此的美好回忆之外，大概不会再有其他作用了。

熬了一下午，终于到了晚饭时间，她的约会即将开始，我终于解脱了。然后，便没有然后了，我未曾打听，寇姐也从未主动叙述过那天后来的情景。另外，我也从未购买过寇姐的产品，她也没向我再次提起，她朋友圈的产品换过好几轮，再往后，她的朋友圈大概有几个月没更新了。

“女权主义”

最近两年，网上的“女权主义”发展迅猛，而且越来越激进，最后的结论无非有这么几个：不婚、不育，女人什么都可以自己搞定，男人什么都不行。有的女性网友受此影响，从积极到极端往往半年时间都不到。这些观念并非一无是处，而是过于激进、极端，既不现实，也不符合逻辑，甚至连最基本的生物学规律也不遵守。

现实中的“女权主义者”大多是这么一群人：要么大龄单身，要么离异，还有一部分人虽然成立了家庭，但婚姻早已名存实亡。一般来说，她们的微博、朋友圈中是不会出现男性角色的。就个体而言，女性朋友处于这种状态并没什么问题，也谈不上过错，不过聚集在一起爆发的情绪却是传染式的，一个影响一个，传播范围极广。

小苏新近离婚了。在此之前她有好几个朋友都离婚了，原因各不相同，都被她做了“女权”解读，归结为一句话：男方很渣。这么多优秀女性的丈夫居然同时变渣，难道若干年前她们选人的眼光不约而同地出现了问题？

起初小苏吐槽她老公时，我被她的口才折服了，觉得她说得都挺对啊，这个男人脑子里多少都残存着一些非常自我的观念，批判一下并没有什么不好。可是，总觉得他们没到要离婚的程度啊。我不是她最亲密的朋友，她也从未寻求过我的建议，所以类似的吐槽我也就听听，不便发表意见。

然而几个月后又发生了更出乎我预料的事情，小苏居然提出要复婚，说是当初没想清楚，有些事本来是可以忍的。对方答复说有点儿麻烦，因为他的生活在继续，情感方面有了新情况，要回头就不那么容易了。解读一下，就是男方有了新的女朋友，不同意复婚。这可如何是好？我同样安慰不了她，只能在电话里听她叙述："我得了甲亢，所以这两年情绪特别不稳定。"

什么是甲亢？我一边问，一边在电脑上快速搜索。唉，这个世界真是太复杂了，每天都有新知识要学习。

小苏说："医生说我可能得了这个病，所以导致了某些躁狂的症状，对身边的人宽容度不够，容易挑刺，所以现在每天都在吃药……"

我还是很难理解："等等，你真是生病吗？之前觉得你说得挺有道理的啊，有些男人就是有很多坏毛病。"

小苏说："唉，你不明白，我身边都是些劝我离婚的女人。大家整天一起喝下午茶，一起吐槽男人，所以他的那些毛病在我心里就被放大了无数倍。别人都没老公，就我有，焦点就集中在他身上了。"

没有家暴，也没出轨，按一般的说法，就是没什么原则性问题。不是说"宁拆十座庙，不毁一桩婚"吗？她们为什么非要劝小苏离婚啊？我表示不能理解。

小苏说："离婚这个东西，就跟追求自由一样，说是'生命诚可贵，爱情价更高，若为自由故，二者皆可抛'。她们当中有微博大V，粉丝很多的，遇到热点事件她说一句话，就有几百上千人点赞，无数条留言。比如，每年高考后她转发新闻说女大学生录取率超过50%了，下面就一堆留言，说男人这种生物静不下心来，智商不行了。过些天警校招生录取时男女分数线不同，她就说这是歧视女性，为什么警察不能大多数是女性啊。还有就是医护人员大多数都是女性，为什么男护士这么少，辛苦的工作都交给女性了……"

按照我的理解，这两条都不算歧视女性。在上海这个地方，不管是基础教育还是高等教育，没发现什么系统的性别歧视现象。女生高考成绩确实挺优秀的，但也不至于形成压倒性优势，学习和智商，和性别真没太大关系。至于男警察多，女护士多，这不很正常嘛，难道要反过来吗？警校录取男生分数低，是因为毕业后基本都分配到基层，这种岗位待遇不高又很辛苦。

于是我回应道："女生考警校分数高，是因为分工不同。打击刑事犯罪，还得是男性冲到一线去，跟入伍类似啊。搞不懂为什么钻这种牛角尖。"

小苏说："你这段话要是被我们那个圈子的人听到了，一定会被围攻的。当时我跟她们的想法差不多。"

我说："为什么现在的想法又不一样了呢？"

小苏说："吃过生活的苦，被现实教育了呗。我觉得离婚后才真的是处处受歧视，不管填什么表，都要求把离异这条填上，有时候还要提供离婚证，都什么事啊！"

我问："你那些闺密是怎么应对的？"

小苏说："有一个天生的暴脾气，什么都能怼，逛个街能教育半条街的行人。还有那位微博'大V'，你知道吧，人家当'大V'是可以赚钱的，靠炒作各种话题热度吸纳粉丝，然后卖电动牙刷、女性用品。"

我说："她们喊的那些口号，骂这个骂那个的，到底解决了什么问题？"在我看来，不就是叶公好龙嘛，这种'大V'就是借着社会敏感话题攒点儿粉丝而已。她们既没权势又没能力，更没什么实际行动。

小苏说："唉，最大的效果是把我这样的人给忽悠离婚了，我不知道是该笑还是该哭。真的，我觉得这就是她们唯一的成就。什么独立自主、自立自强，现在连个给我换灯泡、拧罐头的人都没有。难道非得做什么女强人吗？有个男人给我买衣服买包包，给我洗衣服做饭，鞍前马后的有什么不好？"她越说越激动，"放着实际的好处不要，非要往那死胡同里钻。"

我说："怎么说呢，女权运动还是有价值的，女性地位也应该得到提高，但不应该是这种形式。在上海这种地方，至少在很多家庭里，女性地位还是比较高的，在家里能得到优待，得到某种好处。不能因为要搞女权运动，就抛弃实际的好处，连Lady first（女性优先）也放弃了。"

小苏说："可不是嘛，我老公，哦不，我前夫又不敢家暴我，就因为他跟我顶几句嘴，我就把他给'休'了，相当于'休'了一个长工啊，真是太不划算了。从前的我可以隔三岔五地跟闺密们喝下午茶，海阔天空地聊，现在得一个人带娃，所有的家务活儿都得自己干，赚的钱也不够花。"

这哪叫女权啊？分明是女性化的男权嘛，成了大女子主义。对自己有利的就是女权，对自己不好的就是男权，完全脱离了理论基础。

我说：“不能这么说，房子不是归你了吗？这可是最重大的胜利啊，资产才是最忠实的。”

小苏说：“离婚前我不也住这房子里吗？难道这房子之前不属于我？虽说多了50%产权，我又不能把它卖掉换成包包、项链，并且这些东西自己买就没意思了。我感觉拥有的东西反而减少了，虽然少了一个惹我生气的人，但也少了一个替我干活儿的人，替我暖被子、赚钱的人。”

我说：“不对啊，你现在自由了，可以再找个人对你好，给你买包买项链，这些空缺都可以由新人补上啊。”

小苏说：“再找一个？男人都差不多。呵，我能找到一个接受女权主义者的男人吗？我又不是什么小鸟依人的小姑娘，还带着个孩子，他们为什么要和我在一起？他们能从我这里得到什么？我又何必再找个人来约束自己。”

她已经说得这么直白，似乎没法给出什么建议了。于是我把话题稍微绕开一点儿：“这几十年变化太大了，很多现象的出现都是必然的。离婚率达到50%也好，你们这群姐妹搞‘女权’也好，根本原因只有一个，就是经济发展了，每个人都有赚钱的能力，有发挥作用的空间。大家对婚姻、家庭的观点如果还停留在从前，自然就会不匹配。我觉得在上海还好，大家对婚姻的认识更理性，彼此留出的空间更大一些，如果把这个问题放到全国来看，矛盾冲突会更厉害。”

小苏说："唉，可是我胸无大志，也没有什么独特本领，只想过好自己的下半辈子，毕竟人只活一次，不想过得不开心。你说我现在该怎么办？我父母到现在还逼着我去找他复婚，说是如果不好开口的话，他们去讲。我才不干，更不许他们再去找他。"

我说："回过头来看，你怎么评价过去的这段婚姻呢？"

小苏说："大道理说不好，只会讲自己的体会。刚开始总是甜蜜的，因为自己也天真，没什么要求，相互顺着来，人年轻的时候大概都是容易快乐的。后来事情多了，相互间也腻了，矛盾就多了。两个人在一起总归是会有矛盾的，我觉得他落后了，他觉得我庸俗了，都不喜欢对方了。他没法成为我期待的男人，我也再回不到从前可爱的模样，就开始拌嘴，内耗。后来离婚证到手了，还是感觉不到快乐。如果我还是20多岁，没有孩子，也许心态不同，会去寻找下一段感情。我没什么家世背景，要带孩子要还贷，工作和收入也不算稳定，更没法像明星一样青春永驻。我也没有微博'大V'的才华，不觉得自己能找到更好的男人。我不像你说的那样可以完全经济独立，在社会上发挥自己的作用，我只是一只'小蚂蚁'。我没那么优秀，得把自己摁在地板上思考问题。我现在才明白，自己没有闺密那样的底子，我就是个'假女权'，根本没有那个能力。现在有什么事根本没人帮忙，去年年底公司股改，需要借点儿钱买股票，平时看她们挺热心的，就随口问了问，结果这群人当中没有一个人愿意借给我。实际上这些钱也不是什么大问题，后来就向父母要了。这时我才明白，她们就是嘴上说得热闹，喝个下午茶都是AA，说什么独立自主，就是什么都不付出还想捞好处。什么微博‘大V’，什么好闺密，就是想让我们给她的事业抬轿子，之前她带货时我可支持了不少，家里能用得着的都买了，还四处帮她推荐。现在好了，一提到借钱，几个月都躲着我，感觉自己就像一块破抹布一样被抛弃了。”

我说：“别那么沮丧，情绪不高的时候容易消极。其实事情没那么糟，你看，关键时候还得靠父母吧？如果有可能，可以让他们来上海帮你带孩子，过两年孩子长大就轻松了。赚到钱，事情就好办很多。”

小苏说：“嗯，道理都懂，只是感觉难受，这么聊聊天感觉好多了。”

我说：“呵呵，过好自己的日子，就是最大的‘女权’。”

……

这通电话过后，我点开微博，取消了对几位“女权大V”的关注。

瑞贝卡返乡记

回老家，对于多数上海职场女性来说都是一个没必要公开的话题，它意味着自己是从“乡下”来的。最好上溯三代都出生在“上只角”才有面子。瑞贝卡从来不提回老家的事，这年春节，她告诉同事们自己要去泰国旅行，说的是A计划，执行的却是B计划。

虽说上海有两千多万人，可大家常去的地方还是那么几个。在外滩，她被老家村里好多人认出来过；在淮海路逛街时她碰到过同事；甚至还在新天地瞧见过醉醺醺的海外客户。所以世界还是太小，充满了偶遇。到机场后，她很小心地戴上墨镜，免得在人群中被认出来。不过她很快发现，投射过来的目光更多了，哎呀，不会被人当作什么小明星了吧？站在扶梯上巡视着候机大厅，心虚、紧张，叠加一点儿莫名的虚荣，她居然很享受这种墨镜下的感觉。

谁知刚落座，就被人拍了一下肩膀：“嗨！瑞贝卡。”

这谁啊？真讨厌。

转身一看，原来是同事中的老乡雪莉，雪莉兴奋地喊道：“你也坐‘春秋’啊。哎呀，我知道了，你一定是先回老家，然后再从赣州飞芭提雅，是不是啊？听说这么中转一下，往返机票比从上海直飞曼谷的单程还要便宜呢。”

瑞贝卡一时不知说什么好，尴尬地笑了笑。因为这层老乡关系，她一直与雪莉保持着距离。雪莉家在赣州城区，打小养尊处优，人长得白且美，现在在行政部负责接待工作。而瑞贝卡的家乡在瑞金的偏远山沟里，从小干农活晒得跟印第安人似的，跟雪莉走在一起就是黑白配。从出生地的行政级别上来说，她们相差了市、县、乡三级呢。幸好她们都在外企工作，没人在乎皮肤的颜色，况且上海之外全是“乡下”，就算拉平差距了。

瑞贝卡想得有点儿多，在外企没人关心各自的家乡在哪里，甚至不关心国籍，大家以英文名相称，时间长了连对方姓氏都不记得。很少人知道瑞贝卡的名字还与家乡相关：她来自瑞金，小名贝贝，因此相中了这个译名为瑞贝卡的英文名。

雪莉相当健谈，加上返乡过年的兴奋劲儿，话就没停过。幸好这个航班从不晚点，她们很快要登机了，雪莉看起来还一副意犹未尽的样子。瑞贝卡值机时一直期待旁边座位不要安排人，现在她祈祷最好有人，这样雪莉就不会跑过来跟自己聊一路了。

瑞贝卡的祈祷奏效了，她旁边的座位确实有人，不过这个人偏偏是雪莉。

“天呐，这么巧！咱俩真是有缘啊。”雪莉尖声叫道。既来之则安之，瑞贝卡还是主动地给了一个拥抱。既然有些事不能避免，那么就开心应对吧，毕竟还有两小时航程呢，何况在“春秋”的航班上也没法休息，乘务员会在机舱来回推销商品。

飞机上的乘客大多讲客家话，她们两个年轻漂亮的女孩说普通话，偶尔还夹杂些英文，洋气得很，所以非常吸引眼球。飞机降落时，大家都知道他们公司中国区总裁叫汤姆，而公司里最帅的男生叫阿姆斯特朗。

出了机场，瑞贝卡终于摆脱了雪莉的高分贝嗓音。换乘上火车后，瑞贝卡开始闭目养神。为了防止自己睡过站，她特意将手机闹钟设置成振动模式，否则一不留神就到福建去了。列车在青山绿水间穿行，如果从空中俯视，就像一条毛毛虫。

一个小时后，瑞贝卡从“毛毛虫”里钻出来，又钻进了一只“甲壳虫”，“甲壳虫”在田野里穿行半个小时后，她又换了一只三条腿的“小甲壳虫”，“小甲壳虫”体量小、声量大，响彻整个山谷。在山里兜转了一刻钟后，瑞贝卡在一个岔路口下了车，沿着坡道拐了个弯就回到村里了。

村里的孩子们不认得她，只有老人们纷纷向她打招呼：“归落哩？”“归了（liao）啊？”瑞贝卡一边“嘿呀、嘿呀”地应着，一边继续往上走。她们家在村落尽头，再往上就是茂密的马尾松树林了。换作村里同龄“妇女”，出远门归来一定要在村口跟大家聊上半天，可三十岁出头的瑞贝卡未婚未育，还是一副害羞的小姑娘模样。

进了家门，瑞贝卡就成了贝贝。还有个大两岁叫宝宝的姐姐留在当地，但她已经出嫁生子了，初二才回娘家，所以家里只有父母和自己，恍然间有种三口之家的感觉。没有姐姐在家争宠的日子，贝贝被父母照顾得很好，她只管吃和玩，母亲连洗衣、刷碗这些事都不让她做。

回家后吃的第一样东西是酒酿蛋。酒酿蛋的煮法很简单，就是煮荷包蛋时加酒酿。小时候贝贝也这么吃过，好事成双，两颗酒酿蛋只用一根筷子吃，凑成100分。可贝贝长大后要节食，每天最多吃一颗鸡蛋，现在碗里有酒，还有糖，热量太高，于是她开始撒娇，提出要放弃一颗。出于某种迷信，妈妈要求她必须吃完，似乎这样才有辟邪的效果，贝贝只好照做。

晚餐时，爸爸总是把新鲜的主菜摆放在贝贝跟前，而将隔夜菜靠近自己一侧。贝贝并不喜欢这样，她说自己够得着。她没忘记给这些菜拍照，想留着日后发朋友圈，炫耀一下地道的客家菜，可盘子太丑了。“为什么还是用不锈钢盘子？改天我去买些陶瓷盘子回来。”

妈妈没觉得这是个问题，她在关注一件更重要的事：“贝贝，上次你说的那个男的，是怎么回事啊？”

“哪个男的？”

“唉，就上次你说一起去北京出差那个。”

“哦，那个啊，很久啦。人家没那个意思。”贝贝知道妈妈说的是阿姆斯特朗，他们在情感萌芽时就戛然而止了，说起来还有些遗憾呢，可人家现在已经名草有主了。

妈妈见状不再追问，只说还得继续努力。贝贝发现，现在妈妈的说辞都不一样了，早几年叫自己别太挑，看到好的别太矜持，这才过了几年，就变成要自己努力了。于是她长叹了一口气，不想被爸爸说了一顿：“年纪轻轻叹什么气，运气都给你破坏了。”

妈妈还想跟她说说家里亲戚之间的琐事，贝贝便说自己吃好了，要回房间去。大家话不投机，这回轮到妈妈叹气了。她爸爸见状，便默默地收拾碗筷。

年轻人都回来了，村里热闹得很。有的还把恋人或老婆孩子带回家，这就更热闹了，引发的话题也多。村里人没界限感，两类话题最热门，一是谁在外面发达了，二是非常规的婚恋。小小的村落，发达的事不能年年有，所以讨论的重点还在第二类。很不幸，在大家看来，大龄未婚就是非常规，于是不断有人提及贝贝的情感状态。

贝贝对此早有预防，她准备了两套说辞：A台词是已经有男朋友了，正在考验对方；B台词是还没有确定男友，但追的人很多。A台词适合遇见长辈时讲，表示自己很乖，且不需各位操心。B台词适合在同龄人中传播，证明自己有魅力，不是没人追，你们这些农村小伙就别想着吃天鹅肉了。结果不知在哪个环节上出了问题，A台词没人信，B台词却大行其道。总结一下，就是她交友不慎，私生活混乱。在八卦这件事上，人们都喜欢将各种信息加工处理再传播，不是说不相信当事人，而是换个说法显然更有趣。

人言可畏，大年初二贝贝便进城去玩。村里的对外交通有了很大改善，春节期间回来很多车，从大年初二到初七，天天都有车进城。

同学之间的界限感要强一些，大家不讨论私生活，只关心职场和创业。提到职场，那是贝贝的强项，她所处的环境最接近于影视剧场景，因而处于话题中心。至于创业，其实也没几个人真创业，倒是有几位全职太太想在同学当中发展微商下家。

闲扯半天，贝贝才发现自己从小玩到大的同学丽丽没来，人家正在自己店里忙乎呢，这才是真正的创业呢。

丽丽没考上重点高中，早早地放弃了学业，18岁结婚生子。带孩子的过程中，丽丽突然想到自己可以开家儿童用品商店。因为当地儿童用品层次普遍不高，网购还没发展起来，大家都托熟人到大城市采购。丽丽卖品牌童装、童车、玩具，代购奶粉等，很快就赚到了人生的第一桶金。

不过这种模式太容易被复制，一年后这条街上开了好几家类似的儿童用品商店，两年后就发展成了儿童用品一条街，生意就不那么好做了。丽丽决定转型，她把店铺转让出去，在最繁华的地段做起了品牌女装，这同样是领先一步的动作。当地服装店很多，可没什么像样的品牌，开专卖店需要很高的加盟费，一般的个体户拿不出或者舍不得这笔钱。丽丽注册了公司，她的品牌形象店营业面积是全省最大的，因而得到厂商大力支持。这些年国产品牌在一、二线城市被挤压得很厉害，纷纷将重点放在了四、五线城市，丽丽正好赶上了这波潮流。店铺盈利后，丽丽马上物色其他新潮的品牌，以同样的套路开新店，从童装到女装到男装，都是当地独家代理。经过几年滚雪球似的发展，她现在已经是当地一家商会的副会长了。

最让贝贝感慨的不是丽丽拥有多少家店铺和多少套房子，而是人家在创业的同时还生了三个孩子。

“太厉害了，怎么做到的？”贝贝去找丽丽，赞叹道。

“当年你们读书用功，我没事做，也不能浪费时间啊，只好挑点儿容易的事情做，比如结婚、生孩子和卖衣服，呵呵。”丽丽回答得越轻松，别人就越好奇。

“哎呀，读书有什么用，你看，我们女生当中最成功的就属你了呢。”

丽丽继续答道：“哈哈，话不能这么说，有文化才能去大城市打拼，上海多好啊，我们这种小地方太土了。我每年都要参加很多订货会，目的就是去上海、广州这样的城市开眼界啊，看有什么新东西可以在我们小县城里做做。”

丽丽读书不多，但纵横商场十多年，精明干练，彻底扭转了当年的差生形象。这次返乡，对贝贝触动最大的莫过于丽丽的变化，她不得不承认，对于一般人来说，情商确实比智商更重要。

辞别丽丽，贝贝去姐姐家中做客。姐姐大年初二回过娘家，当时的感觉是，贫穷让人加速衰老。她只比自己大两岁，看起来却像两代人。最令人伤心的是姐姐已经失去了“宝宝”这个昵称，父母开始叫她“老大”。姐姐是“宝宝”，自己是“贝贝”，已经叫了这些年，怎么说变就变了呢？贝贝十分不解，姐姐说：“也该改嘴了，我的宝宝都大了，再叫宝宝容易混淆，只怪爸妈太懒，当年没起个正儿八经的小名。不过你这个贝贝倒是可以继续叫下去。”

贝贝半开玩笑式地叫了一声“老大”，眼睛就湿润了，“我们再也回不去了”，她引用了张爱玲《半生缘》中的一句台词。

贝贝又问：“姐夫呢？”

“打牌去了。唉，天天通宵达旦。你今晚就住这里吧。”

“不是说小别胜新婚吗？一年到头就这几天，哪像过年啊！”贝贝叹了口气。

“贝贝，别管爸妈怎么劝，过好自己的日子就行，别为了结婚而结婚。”自从贝贝回家以来，姐姐是第一个劝她不着急结婚的人。

“姐夫年后还出去吗？”贝贝问道。

“谁知道，他说不去了，现在广东那边也不好做，开支又大。但回来自己做又怕亏钱。关键是……哎呀……他脾气不好，又不带孩子，还是不在一起的好。”

贝贝知道姐姐过得不幸福，为她打气道：“要不把孩子给爸妈带，你自己做点儿事，不靠他。你知道我有个同学丽丽，现在发达得很，其实她做生意也很简单……”

“这个丽丽我听说过的。其实还是不一样，人家城里人，本钱比我们大，视野更开阔……”

“姐，还有我呢，我可以帮你。”

“唉，我们家上上下下就不是做生意的料。还是打份工吧，两个小的也上学了，确实可以出去做事了。”姐姐一脸疲惫，浑身的打扮和气质，怎么看都像个农村妇女。贝贝这才认清一个现实，这个家能有她这么一个在外企工作的女儿，已经算莫大的成就了。

所以，阿姆斯特朗怎么可能选择自己呢？这只是一个灰姑娘式的梦想。哪个上海婆婆允许儿子娶乡下女子呢？相对而言，村里的其他小伙伴就现实得多，农村孩子就找农村的，也算门当户对。

姐姐带贝贝去村外溜达。虽说立春了，田地里还是一片枯黄。姐姐猫下腰去采了一截稻草秆子，又在河边摘了一片竹叶，做成一个“哨子”，能吹响的，还是小时候的那种声音。贝贝笑了，姐姐脸上的皱纹也舒展开了。

村头传来鞭炮声，继而是唢呐锣鼓声。姐姐居然抓起贝贝的手就往那边跑：“快跑，去看打龙灯。”此情此景，仿佛回到二十多年前。小时候她们经常相互追逐，还会相互吓唬对方，“后面有野猪”，跑着跑着就笑开了。贝贝说两个三十多岁的女人跑起来很不像话，地上的鹅卵石又滑，要是摔跤就难看了。姐姐不管：“哪里有人？”还是扭着肥胖的腰臀拽着她跑。

假期过得飞快，贝贝要回上海上班了。路上，她一直在烦恼怎么从网上买些泰国零食，以便开工后对同事们有个交代。最后决定还是不买，什么都不提，哼哼哈哈就过去。

这个假期有些不太一样，贝贝脑子里装满了心思，表情上全是迟疑。美好的假期结束了，飞机上的其他乘客也都一样低头不语，面临工作的烦恼，步履沉重。就连小朋友也不开心，对乘务员道：“作业还没写完呢，阿姨能不能不要推销商品了啊。”

贝贝不禁又长叹了一口气，感叹人生不过如此，无论老幼，只要心里有事都是不快乐的。叹气声有点儿大，把旁座的人吓了一跳，幸好这次不是雪莉。她想起父亲的教诲：“除了生老病死，都不是什么大事。”便觉得自己很搞笑，小题大做了。确实没什么大事啊，人不就是没遇到过大事才会患得患失吗？

餐饮投资

对于多数人来说，当下稳妥的投资渠道有点儿少，除了买房就没什么可靠的理财方式。可买一套房子并不容易，投入巨大，又有限购限售等各种限制条件。平时那些不多不少的钱放哪儿去呢？存银行利息低，买股票又费时费脑，于是许多人便被理财师盯上了，朋友圈、聊天群里，最多的好友、群友除了微商就是理财师了，他们四处潜伏，无处不在。这种产品刚开始收益还是不错的，有年收益超过10%甚至20%的，但一般来说从第二年起就出问题了，连本金都没有了，更别提收益，好点儿的打折退款，投资者还要谢天谢地，所以大部分理财都不如存银行。

于是大家又想起了实业，除了自己开店开公司创业，有人会将钱投入朋友的实体买卖中。朋友这个词也没有一个确切的定义，一般来说，人们将生活中熟识的，有情感交流或值得信赖的非亲属称为朋友。朋友的来源五花八门，前同事、生意上长期的合作伙伴、同学的同学、朋友的朋友……对朋友在做的事情多少有点儿了解，赚不赚钱可以了解得到，总比股票、基金、理财的投资去向更明确吧。但实际操作中，自己不参与运营的实业同样有很大的风险，哪怕是朋友办的实体买卖。

婷婷三十岁，是浦东一家知名外企的雇员。她薪资高，每个月除了还房贷和消费，还有一些余钱，这两三年下来攒下五十万。五十万在上海说多不多，说少不少，存银行怕贬值，该怎么投资呢？有人劝她购买市区的商住房，因为她在上海已经有一套房子。单身人士在上海买房限购，而去外地买住房收益不高，贷款手续及出租管理又太麻烦。她看了公司附近的好几处新建LOFT公寓，一圈下来发现自己的钱还是太少。公寓要求首付50%以上，市区的LOFT要么面积大，要么单价高，根本够不着。她只能考虑总价一百万左右的小公寓，一般分布在浦东唐镇、川沙、周浦这样的地方，大多是二手的。婷婷不愿意和中介打交道，于是发布了一条朋友圈“求购地铁站附近总价百万左右的公寓一套”，许多“好友”纷纷给她提供信息。

其中就有一位叫黄强的前同事，他是做销售的，离开公司时婷婷刚入职，所以共事的时间非常短暂。黄强离职后自己创业，业务上跟公司还有联系，在同事聚会中经常碰到他，所以也算是朋友了。

黄强提供了几条房产信息，不过他劝婷婷不要买商住房：“这种房子租金还可以，但是很难增值，交易起来税费太高。除非今后给你父母住，不过老人家住LOFT不合适吧，爬上爬下的不安全，他们会嫌水电费贵。”

“我被限购了，只能买这种房子啊，是用来投资的。”

“你可以买嘉兴的房子啊，那边外地人可以买一套。”

“嘉兴太远啦，我这个人很懒的，周末都不愿意出去玩。LOFT不是挺好的吗？楼上楼下很有空间感。”

“你这么想就不是投资思维。喜欢有什么用？我问你，这么小的房子买来自己住吗？还不是用来出租。一年的租金回报率有多少？我算了一下，大概3%，但还是赶不上贷款利息。所以房价不涨就是赔钱，这种房子税费太高，增值部分拿到手没多少，一买一卖多麻烦啊。”

“那怎么办？现在又没什么投资渠道，总不能存在银行里等着贬值吧。”

“现在没什么好的投资渠道，千万别去买股票，股票也是赔掉的概率大。像我们这样搞实业的人，除了自己住的房子，几乎所有钱都投在公司运营上。除此之外我有一家时尚餐饮店，和一个朋友各投了一百万，他管运营，所以收益他六我四，还比较公平吧。店里生意还不错，一年做下来差不多就回本了。不过你知道的，餐饮这种东西要经常升级换代的，消费者的口味在变，对装修、环境的要求也很高，我们今年打算做品牌升级，向真功夫看齐，所以去年赚的钱要投一部分在装修上。”

婷婷很感兴趣：“是吗？时尚餐饮？有意思，什么时候我去你们店里消费体验一下。”

于是他们约在这间餐厅见面吃饭，在一家商场的负一楼，黄强的合伙人也来了，仨人聊得非常愉快。结束后，婷婷决定不买房子了，将五十万首付拿来做股本加入他们。他们考虑到婷婷是女孩，形象比较好，又经常使用社交工具，所以安排她负责店铺的宣传，股权和收益都是20%，另外的80%他们继续按四六分成。协议签订后婷婷的股份由黄强代持半年，待年检时再去市场监管局添加股东名字、更改比例。婷婷算了算，自己轻度参与经营，投资收益率比黄强合算，但比他的合伙人稍微低些，不过人家负责运营呢，既出钱又出力。婷婷分析了一下，觉得他们这么安排挺符合创业逻辑的，于是愉快地答应了。

黄强办事效率很高，第二天就拿来了餐饮公司的财务报表，数据跟他们之前提到的差不多，协议也备好了，婷婷签字即可。她也很爽快，当场就把款转到了餐饮公司账户上，按约定，他们用这笔钱来装修店铺。婷婷参加了一个简单的开工仪式，她很开心，自己也成股东了，终于可以有经营性收入了。

经营时间宝贵，所以装修进展很快，一周就结束了，婷婷兴奋地跑去剪彩。不过她心里有些犯嘀咕，这个装修明明用不了五十万嘛，只换了墙饰，增加了一些灯具，跟肯德基和真功夫这样的品牌店还有很大差距。店铺装修跟家装不同，不需要用什么好材料，看起来鲜亮就行，所以满打满算也才几万块。不过黄强他们解释说毕竟不是品牌连锁，装修对客流量影响不大，能省则省，节约店铺开支，因为租金和工资都在上涨。她想了想也对，毕竟大家是合伙人，省下来的钱也有自己的一份，于是拍了些店铺照片，在朋友圈和公众号上使劲推，发优惠券邀请朋友们去消费体验。之后她大部分约会、请客吃饭都选在这里，目的就是增加店铺的营业额。

两个月后，她悄悄问店铺服务员，今年客流量、翻台率比去年有无增长。结果他们都摇了摇头说不知道，只有一个店员是去年年底来的，其他人年初才加入。婷婷有些疑惑，她又去问隔壁店铺的店员，也是摇头。

黄强告诉她，今年没去年客流量大，可能是竞争商户多了，不过他只是财务投资，日常经营是他的朋友在安排，具体数据掌握得不太准确。他去问那个合伙人，结果合伙人说太忙了，并没有每个月核算，因为房租不是按月交的，物业费、水电、工资、食材等算起来太麻烦。

婷婷开始发现黄强他们并没有之前想象的靠谱，店铺经营有些不正常，于是除做市场推广外，每个周末自己都去记录客流数据。经过一个月的统计，她简单推算出店铺一直是微利经营，可黄强说去年连本都赚回来了，是真的吗？数据为什么下降这么快？她决意探个究竟，这回找到了一名在商场工作了好几年的保安，保安说："其实我们商场负一楼客流量蛮大的，工作日的中午和周末人都很多，但你们家的店这两年的客人一直都不算多，基本上没什么翻台率啊，今年和去年没什么区别。这个商场里有三分之一的店铺是赚钱的，三分之一打平，三分之一亏损，亏损的一般第二年就会换老板了。"

婷婷听了保安的话心里七上八下的，黄强之前说的明显和实情不符，这是怎么回事呢？又拖了一个月，在婷婷的再三要求下，他们终于在店铺打烊后开了个现场办公会，婷婷要求提供这几个月来的经营数据，并提出了好几个整改方案，他们答应提供数据，但是对整改方案热情不高。

一周过去了，数据没有出来，两周过去了……两个月后，黄强一直没有露面，只发给婷婷几张图片。图片上是经营数据，显示店铺亏损百万。什么？婷婷惊呆了，她意识到黄强他们在骗自己。她给黄强打电话，黄强没接，打给店长也没接。这种状态持续了一周，黄强终于给她打电话了，说是餐厅经营不善，资不抵债，现在店员工资都发不出来，还是清盘算了。

“什么？那我的五十万呢？”婷婷愤怒了。

黄强道：“这个没办法，大家合伙做生意，收益共享，风险共担。”

婷婷说：“不可能啊，才半年时间，怎么可能亏损那么多？是不是去年也亏钱？”

黄强说：“不是啦，就是这几个月亏的，店里生意太差了，你努力了，我们也都尽力了。”

婷婷说：“我去店里做过调研的，每个月费用和营收是可以打平的，不应该亏钱，至少不会亏那么多。”

黄强说：“具体我也不清楚，你可以找我那个朋友问问嘛，很多费用你算不到的，这个商场物业费很贵的，还有，食材采购过程中有店员吃回扣……”

婷婷说：“别胡说八道了，这些怎么算都亏不了一百万的。我不管你们耍什么花样，把五十万还给我这事就算结束，否则我就要去法院告你们。”

黄强说：“婷婷，别生气，我们好歹做过同事嘛，怎么会坑你呢？生意没做起来，大家都不想的。现在公司亏损，我们还要赔钱，也没让你赔。”

婷婷说：“什么？！还想让我赔钱？我有五十万现金在里面，你们俩各有一百万，就算亏一百万，还有一百五十万的本金啊，你们怎么算的？”

黄强说：“哎哟，婷婷，我们的本金去年就花掉了啊，你那五十万不是用在装修上了嘛。你看看这张表上写得清清楚楚的嘛，至于我们那两百万，去年盘店进来的时候，店铺转让费、装修费、店租、物业费什么的都花掉了啊。”

婷婷说：“胡说八道，装修才花几万块，你还说没必要花这么多。还有你明明说去年连本都赚回来了。这些成本平时都有收入覆盖住的啊，什么叫盈利？盈利就是去除成本后剩下的钱啊。你在狡辩什么？就算亏损一百万，店铺多少钱转进来的还可以多少钱转出去啊，怎么会赔钱呢？”

黄强说：“婷婷，你口才真厉害，我说不过你。去年说赚了两百万是没把这些成本算里面啊，只算了食材和人员工资，实际上摊上所有费用也是不赚钱的。再说了，这些是去年的事，和今年没关系啊。还有，我告诉你，店铺是花了大几十万转让费的，但现在要转出去一万块都没人要，因为不赚钱啊。我们要么放弃这个店，要么每个人再凑几十万把亏空补上。”黄强怎么说都不生气，哪管婷婷这边气得直跳脚。

婷婷说：“我不管，这五十万不还我，立马报警。”

黄强说：“哎呀，小姑娘，这种经营上的事情报什么警啊，警察又不会帮你算账，要算也是在法庭上算啊。好好看看我发给你的表格，现在亏损这么多，店铺关掉跑路就算了。营业执照上又没你的名字，我给你代持股份，也就帮你代持了风险，我来承担损失，又不要你赔钱，你紧张什么啊？唉，小姑娘啊。”

婷婷哭了：“骗子，还我钱，这是我买房子的钱，我还没男朋友，还没结婚呢，你就这么骗我，我怎么跟我父母交代？怎么交代啊……一下子五十万就没有了，呜……呜，我要去所有的同事那边揭发你。”

黄强说：“嘿！随便了，揭发吧，我又没骗财骗色，人家是不会关心我们之间发生了什么的。你好歹还有一套房子，我可是真的一无所有啊，还帮你扛债务。没结婚、没老公有什么关系，我也没结婚、没老婆啊。话说回来，你这么爱骂人，能容忍你的男人也很少，我这么帮你，你可以考虑考虑我嘛。”

婷婷气得发抖：“住嘴！流氓！真是厚颜无耻！”

黄强说：“这……这话怎么说的，我怎么成流氓了？你好好休息一下吧，我不会跟你这么漂亮的小姑娘生气的。”

婷婷哭了一天，打电话给老同事、HR，打110报警，然后找律师朋友。有位老同事劝她：“婷婷，你还是冷静下来，先睡一觉，明天再讨论对策。因为这事也不是一两天能解决的。不知道的还真以为你被骗财骗色了，现在你这样满世界举报黄强，对自己名声也不好。跟流氓斗要讲究方法啊，要不然吃亏的还是你自己。你知道他电话里怎么跟别人讲？他说你们早就是男女朋友关系了，要不怎么会合伙开店呢，他叫外人不要插手啊。”

婷婷一听，几乎要晕过去。

……

几个月后，婷婷终于让身边所有人都了解到事实真相。但官司白打了，一分钱也没要回来。因为打官司，公司所有人都知道她在外面合伙开餐馆被人骗了五十万，所以升迁为主管的机会也没了。当初，领导们就是容忍不了黄强的不靠谱，所以才把他赶走了，现在也不想让一个受骗者成为主管。

婷婷后来只好换了一家公司，那边知道这件事的人很少。婷婷总结了一下，打工风险最小，哪怕出了问题损失了机会，但至少还收获了薪资。但投资就不一样了，哪怕是亲自参与都有风险，而且一知半解的风险最大。彻底不了解会导致不敢投资，而一知半解可能会让投资者产生更多的信任，从而将所有钱都赔进去。投资人务必对整个业务有完全的掌控力，否则就很容易被骗、失控。按这个标准，还敢投资吗？将钱财置于自己的控制能力之外，就跟让孩子离开自己视线一样危险。

大 姐

某次大学同学聚会，我第一次见到了大姐。就在大学校园里，餐厅外的树林边，先到的同学三三两两地聊着天。她的气质和模样完全符合我的想象，大气开朗，声音也好听，她热情而又谦和地向每位同学及家属打招呼。她老公在校人事处工作，怎么都算东道主。

有个细节让我大吃一惊：大姐手臂上缠着一条丝巾，遮住了手腕处，不过认真一看，还是能发现她没有双手。就在我想象肢体残疾会给人带来哪些不便时，大姐双臂并用，丝毫不费力地向一众同学分发纪念品。接下来我还了解到更多信息：她跟正常人一样工作生活；是某保险公司的金牌销售；老公很帅，是当年的学生会主席，学校有名的男中音；非但如此，大姐上大学时追她的人非常多，并且都是相当优秀的人……

大姐除没有双手之外，其他方面堪称完美。那天，我一直企图说服自己：从某种意义上说，每个人都是不健全的，有的残缺看不见而已。不过这个世界相当肤浅，大家只相信看得见、听得到的东西，而其他一切，才华、能力都需要当事人来证明。

这次见面很短暂，只有不多的几个交流回合，大姐的形象从传说到现实，丝毫没有减损，给我留下了深刻印象。

第二次见大姐是在三年后，我去唐山为我的新书做一场发布会。返程时改乘高铁，恰好是个周末，秋高气爽，我想留在北方玩玩，突然想到“我们可以去拜访大姐”，便中途在济南下了车。

那天，我有一整个晚上的时间来和大姐交流。虽然面对面地沟通了几个小时，展现的生活细节越来越多，大姐的形象也越来越生动，但我想了解的信息恰恰是没有办法问的。我了解的都是过去，话题却不由自主地引向未来。我和大姐的过去没有交集，当然只能谈未来啊。女人之间的谈话总是如此，听起来无比热闹，讨论的却未必是心里想要的。

于是，回到酒店后我给另一个同学打电话继续找答案：

“有句话一直想问，她老公这么多年来，真的没有任何想法？或者说没有任何怨言吗？”

“在头脑中开个小差都是人之常情。至于怨言，应该不会吧，不过这事谁知道？两个人生活在一起这么多年，不方便的地方肯定有。”

“他们看起来蛮和谐的，似乎从来不会争吵的样子。”

“哪有不吵架的夫妻啊，问题还是会有的。比如十几年前，大姐刚生孩子的时候，就有些分歧。她老公特别小心，孩子没出生时老担心有什么缺陷，出生后又总是害怕磕着碰着，总之各种焦虑，担心孩子出现跟他妈妈童年类似的状况。反而大姐自己心比较宽，觉得小孩子有点儿磕碰、发热感冒都不是什么大事。她老公就觉得，当年就是因为监护人不小心才发生了不好的事情。一些小细节会导致矛盾，在生孩子之前是体现不出来的。”

“就是说，因为孩子的事，体现出两人性格上的差异，女方心大些，男方反而更加敏感？”

“对，事情往往通过小事展开。也不能算矛盾吧，可以说是差异，会影响后面几十年的相互关系。双方在家庭中的角色和定位，一般就是通过这样的小事形成的。”

“可不可以这么理解：大姐的童年遭遇，让她老公非常谨慎，不想在孩子身上发生什么不好的事。也就是说，二十多年前的事件，在二十多年后才产生阴影。”

“阴影？经你这么一说，觉得也可以算心理阴影吧。只不过这阴影不在大姐身上，倒是投影在她老公心里了。”

“大姐出身应该很不错吧？这么好的心态，应该是在很好的家庭环境中养成的。”

“要看怎么理解了。如果按社会地位、经济条件来看，等于直接生在地板上。她家就在济南郊区的农村，典型的北方农民之家。从父母的性格、人际交往之类来说，她们家属于乐天派的生活环境。我们多数同学都去过她家，他俩还在恋爱时就邀请同学们去她家玩。大姐自己还有很多同学朋友，每到周末访客络绎不绝。我去过好几次，还在那里见证过他们的婚礼，也和她父亲交流过，当时说的话现在还记得清清楚楚。她家院子的布局、种的树和搭的瓜棚，回想起来都历历在目。后来那个小院子拆迁了，他们就在南部山区新买了一个农家小院，还是每个周末都有人去玩。他们没空时，朋友们就自己拿了钥匙去玩。每到秋天，大家讨论的都是他们家院子的石榴什么时候熟，后山上的枫树红了没有。”

“听你这么讲，我都能想象出现场的热闹来了，大姐一家人因为性格好，营造了一个很好的人际圈子。这就是大家通常说的情商吧，难怪她后来做保险销售也这么成功。”

“大姐做过很多工作。因为众所周知的原因，刚开始只能进一些福利性质的单位。这些工作岗位的氛围并不好，从业人员也不太积极向上，大家都认为他们是被照顾的，而大姐并不喜欢被归类。这些年大家对保险行业的看法有所改变，大姐就加入了。”

“说句不中听的话，应该有很多人认为大姐适合做保险啊。”

“有这样的看法很正常，事后的总结听起来都有道理，但事实不是这样的。类似她的情况，全国有多少？极少有人能做到她的程度。她做的都是大客户，当事人都是见过风浪、有相当社会经验的成功人士，动辄几万、几十万的保费，几百上千万的投资理财，会因为同情保险业务员就下单吗？”

“嗯，各行各业都一样，哪怕销售代表是个美女，给人的第一印象会加分，但项目能不能做下来，生意能不能做大，还是要靠努力和背后的实力做支撑。”

“没错。也许有人认为，大姐作为保险业务员等于现身说法给当事人一种风险提示。可能保险公司的领导们就是这么认为的，但这种提示有利有弊啊。我觉得大姐业务做得好主要还在于她的沟通能力，还有对客户的分析能力。要知道，大姐在大学里也参加过演讲团、辩论队，她找资料、分析应变的能力也是一流的。”

“明白了，大姐周边的人都没有特殊对待她，她的气场也能镇得住客户。不过说实话，我对于大姐的兴趣大半来自她没有双手。这是人之常情，表面的美好或残缺都容易被人发现、被人议论，而内在的东西需要很长时间被了解。大姐的业绩好主要还是因为她的努力和能力，但跟她的特殊情况也有一定关系吧，至少成为一种促进签单的因素。大家因此对她多一层好感，不是吗？如果她就是一个普通人，会有这种效果吗？”

“这么说也没法反驳。”

“是这样的，距离越远，看得越客观。我理解你们这些同学是维护大姐的，但旁人不一定这么认为。电影《阿甘正传》之所以有那么多人看，那么成功，阿甘的智力缺陷难道不是核心要素吗？如果这部片子讲的是一个普通长跑运动员的故事，会有那么多人看吗？我们还是得承认，大家都很忙，没有时间去了解精神内涵。人们在自己的专业之外，认知都是肤浅的。一个人要是全面了、深刻了，那要花多少时间去领悟，多大年纪都不够用。所以保险业务这种东西，表面的价值传递还是起了很大作用。”

“唉，这么说也没错。商业价值往往都体现在一些肤浅的事物上面，真正有内涵的东西，是不花钱的，或者说花钱买不到的。”

“这句话如果没有前面的例子铺垫，就成了心灵鸡汤。很多人读书，就喜欢摘抄一些这样的句子。这种话谁都会讲，但没人知道它背后的故事有多残酷。”

回上海后没几天，我们就收到大姐寄来的土特产，是她在自家小院里自种自摘的花椒。把一小勺花椒撒在刚腌制的泡菜里，几天后，口感酥麻，跟正宗的四川泡菜没有区别。

“这一颗颗、一粒粒的花椒，她要摘多久啊？”我不禁惊奇地感叹道。

“别担心，她可以做到。这些事，她就从来没有麻烦过别人。”

和老板娘做朋友

舒平来到上海的第十五个年头，也就是2021年，她决定买房。

“这十五年里，每年你都可以买房，为什么偏偏是现在？房价最高的时候？”我问道。

“要是回头看的话，几乎每年都是房价最高的时候，我再也不能等了，一定要买，今天就买。”

我继续劝道：“回来后我们再商量一下，你再想想，千万别冲动。”

“不，我已经等了十五年，再也不能犯错了。”于是舒平将房子买在了安徽黄山脚下。

她原本是陪同事来看房的，同事说：“恒大的房子打七折，陪我去看看，顺便逛逛屯溪老街。”结果同事没买，她买了。

“没关系，黄山的房子也挺好的，风景好，而且打七折很划算，又不占用你上海的购房名额。”她回到上海之后，我只好这么对她说。大家可能想不到，舒平是上海一家知名开发商的园林设计师，作为房地产从业者，居然十五年没买房。

“明天我还要去老板娘家，他们的后院景观需要重新设计。我希望能买到我们公司自己开发的宝山楼盘，有中央空调有地暖，你说老板娘能给我一个好折扣吗？”

这个问题没法回答，我知道她的期望值比较高，只好说：“内部员工多少有点儿优惠吧。”

“她让我陪她去欧洲，还是跟之前一样，机票她出，但酒店费用我自己掏。不过今天我把经济舱升级成头等舱了。”

“千万别在有钱人面前装有钱，特别是这种百亿级的富豪。”

“其实我回西安也常坐头等舱的。这个费用自己出没问题，而且飞这么长时间，坐得也舒服一些。”

“老板娘可能不只是图省钱，她也许就是想体验自己坐头等舱而下属坐经济舱的感觉。如果你去了头等舱，她反而不高兴了。”

“啊？这点我怎么没想到。”

“也许不是这样，但最好不要改变她的安排。”

“经你这么一说，我想起一件事来了。有一次我去老板娘家，她女儿问我背的LV包包是不是真的，我说当然是真的。半大的小孩子没当回事，老板娘当时也只是笑了笑，没说什么。可是第二天，她就去淮海路给自己买了一个爱马仕，还是带着女儿去的。开始以为是冲着我来的，时间长了又觉得自己多想了，人家不至于跟我这种小员工较劲。现在想起来，还真有这个可能。”

“什么叫可能啊，肯定是。你们老板娘又不是天生富贵，而是前面二十年打拼出来的。她经历过贫穷，经历过普通人的生活，普通人的情感她都有。手下一个小员工都用LV，她一定要拥有更好的。你如果去坐头等舱，她下一步就得商务包机了，这不把她逼狠了？”

果然，第二天舒平就在老板娘家碰到了钉子。老板娘的儿子刚出差回到家，他向舒平热情地打了个招呼，结果老板娘脸色就变了，她立即改变计划带着舒平去逛街。老板娘又给自己买了一块手表和一条项链，花了三十多万。舒平心里一直在嘀咕："天呐，这是要刺激我吗？"再次回到那所大房子时，老板娘的儿子已经离开了，她才带着舒平去院子里勘查现场。

这时，老板娘的女儿又回来了，她说自己上的那个舞蹈班人太多，想报一对一的。

"老师守着你一个学员教两个小时，你连着跳两个小时，不累吗？我觉得一对二就好，老师是按小时收费的，教完一个再指导另外一个，这样效率才高啊。再说，一对一多孤单啊，连个参照都没有，效果好吗？"

"老师的建议就是一对二，可是班上的同学都嫌贵，我上哪儿去找个人跟我一起学呢？所以我才提出一对一。"

"哎呀，年纪不大，花钱倒挺大方的，想直接把两份学费一起包了，哪有这么花钱的？"

舒平在一旁想，老板娘家里的钱多得花不完，她女儿报个一对一舞蹈班没什么啊，干吗这么纠结？这时小公主瞄了一眼她的LV包包，来了一个主意："妈妈，要不舒平姐姐也一起去学跳舞吧？这样就是一对二啦。"

老板娘停顿了一下，说道："这倒是一个好主意，舒平姐姐也是学艺术的，两个人一起跳舞，相互也有个照应。"

"你看，我帮你省下一半学费了。"女儿兴奋地对她妈妈说道。

母女俩的对话中丝毫没有要帮舒平出学费的意思，她又不能一口拒绝，只好盯着自己的LV包包生闷气。

几天后，舒平给自己安排了一个加班的活儿，说没时间跳舞，总算把这事糊弄过去了。

舒平跟老板娘的欧洲之行很顺利，她在微信里说此行视野大开，有一种一览众山小的感觉，世界这么大，到处都是机遇。她说欧洲人真是过得太惬意了，自己还年轻，将来可以去国外生活啊……

结果回国上班后第一天，她发现自己的竞争对手已经被提拔为部门副职，情绪瞬间从山巅跌落到谷底。她等待这个职位好多年了，还特意为这个“小目标”读了个EMBA，花了几十万呢。当时老板娘也鼓励舒平去，因为她自己也在这所大学报了个面向富太太的女性哲学班，周末俩人可以做伴。

舒平感觉自己被算计了。“这是要赶我走吗？”内心不禁一阵发颤，“欧洲之行有什么破绽吗？还是和老板意见相左？他们这一家子是想赶我走了？要中年失业了？按说不至于啊，不论公司的事还是他们的家事，我都参与得不少，他们应该离不开我才对。”

舒平决定还是去老板娘家打探一番。结果老板娘电话里说刚好有事找她商量，邀请她参加家宴。

“找我商量事？还郑重其事的，什么情况？大家这么熟了，什么事不能直接说呢？老板在吗？不会是给我一笔钱让我离开公司，离开他们的圈子吧……”

舒平这段时间在我的推荐下读了民国女作家苏青的一本书，

拿她的话来说就是“沉浸式阅读”，代入感很强。她觉得自己很像小说《歧途佳人》中的一个家庭教师角色，这位家庭女教师深得男主人器重，从而不为女主人所容，最终得了一笔赔偿金离开了。

“赔你一笔钱？会有多少？正好用来做首付嘛，你买上海的房子还缺首付呢。”我打趣道。

“我可从来没想要他们的钱，这点跟小说主人公不一样。不过，我倒是一直幻想在买公司开发的房子时能打个比较大的折扣。”

“真有打对折的吗？”

“现在看来不太可能，地价也不止房价的50%。在上海，房价八折就顶天了，等于赔钱卖房。低于这个折扣，就是利益输送了。”

“通过房子赔一笔钱给你，不就正好达到目的了嘛，连税都省了。”

“虽然有时会有一些不切实际的想法，但我还是清楚地认识到，事情没那么简单。老板倒还算大气，可是老板娘从来就没这么大方过。这次不知道是什么情况，她竟然邀请我去家里吃饭，有点儿受宠若惊。”

舒平在忐忑不安中挨到了周末，认真化妆，佩戴最贵重的首饰，选了最漂亮的衣服，继续拎着那个LV包包赴“鸿门宴”去了。她还有一个更贵些的宝格丽手袋，不过有前面的教训在，她决定不再曝光这个包包。

从自己租住的小区到老板家的大别墅，这段路再熟悉不过了。但“全副武装”的舒平今天有些不自在，她坐在车上一动不敢动，怎么有种相亲的感觉？啊，老板娘不会是安排……

进入客厅后，她的猜想得到了证实。老板不在家，陪着老板娘的有两位太太，年龄跟她相仿，是老家的亲戚。两个人一位卷发一位直发，共同点是话很多，同样的暴发户气质。她们一人拉着舒平一只手，足足夸了十分钟。也许只有五分钟，甚至三分钟，可舒平的感受有十分钟之久。她开始胡思乱想：幸好现场只有两位阔太太，如果再有第三位，就得从她的头或脚下手了；如果有五位，就得把她横过来“五马分尸”了。两位太太的眼光也很犀利，在舒平身上嗖嗖地扫视，让她觉得自己像是赤裸的，至少是半透明的，因此难为情起来。

这时，从老板书房里走出来一个跟她年纪相仿的男人，两位太太才将她的手松开，回沙发上去了。舒平去过那间书房，在一扇巨大的屏风后面，非常隐秘安静。开门进去，四面墙都是深色的高至房顶的书柜，全靠灯光照明，关上门后只能听到房顶中央空调的些许风声，让人疑心是耳鸣发出的声音。不过这个男人的气质跟书房格格不入，大概是忍受不了书房的寂静，迫不及待地跑来客厅凑热闹。

对方远远地向舒平点了点头，她回了一个微笑，就算相互打过招呼了。

这顿饭的氛围太尴尬了，舒平却无法抱怨。老板娘的确提到过要给她介绍相亲对象的事，她以为只是说说而已，因为好多年都没动静，今天突然兴师动众来这么一出，让她哭笑不得。现在看来，老板娘之所以不打招呼，要么是担心她不愿意见这么一个人，要么觉得她理所应当接受相亲安排，或者兼而有之。

对方是老板娘老家的远亲，也算家族生意圈中的一员，老板的司机。说他只是个司机多少有失公允，他帮老板打理许多事，公事私事都干，在公司里说话比他管用的人没几个。他在外人看来就是个专职司机，整天开着那辆宾利跟着老板跑来跑去，平时很少说话，但部门经理们都知道，他的话就代表了老板的意思，有什么揣摩不透的，也愿意私下跟他商量。他文化程度不高，长得也不怎么帅，这也可能是老板娘没向舒平提前打招呼的原因。

舒平是坐着宾利回家的，她并不喜欢这辆豪车，也没有安全感，甚至担心半路上对方接个电话，就得把自己赶下来去接车子真正的主人。

“我没搞懂，他为什么不开自己的车来呢。这辆车丝毫不能给他加分，只能证明他是个司机。”舒平在电话里对我抱怨道。

“可能来不及回家换车了吧。车子就是个工具，估计他也没想拿来炫耀。”

“后来老板娘说他自己也颇有些家底，在上海打拼多年，工作太忙，没时间谈女朋友。”

“哦，这也正常，做老板的马仔，不太有个人时间。”

“后来我顺着你上次说的思路想这件事，发现老板娘做这件事有一石三鸟的目的。”

“一石三鸟？怎么说？”

“你看，她给远房亲戚家的人介绍女朋友，如果成了算一大功劳吧，可以改善家族关系；第二，她给我介绍相亲对象，算是兑现承诺了吧。这两条大家都能想象得出来，如果成了算双赢。

那么第三条呢，别人就不一定猜出来了，你说说看？”

“笼络这个人让他死心塌地效忠他们？”

“嗯，这倒不是，我没那么重要，老板娘的格局也没那么大。又不是唐蕃和亲，再说我又不是公主。她处心积虑地把公司里的女孩子跟她儿子隔绝开来，说到底还是看不上我们这些打工女青年，所以我们的地位没那么高。”

“这就不好猜了，她还有什么小心思？”

“她知道我买房子缺钱，也知道我想要购房折扣，所以经常给我灌输‘房子应该男方买’的思想。”

“就是说，你跟了她这么多年，如果买公司开发的房子的话，她总该有所表示。如果你嫁给那个男的，就不用担心这个问题了？”

“没错。按照我对她的了解，她就是这么想的。”

“天呐，你这么一说，还真有这种可能。”

“其实我知道，老板娘不可能帮助我买房，这次的事情更让我死心了。越有钱越抠门，她不会对我大方的。我也不想跟这个司机再见面了，都一把年纪了，还谈什么恋爱？我们根本就不是一类人，不再浪费时间了，也不对别人抱有幻想了。我要靠自己的力量买房子，而且要有随时能离开公司另外找到一份工作的能力。”

“奇怪，怎么突然就顿悟了？”我打趣道。

“我已经看好一个楼盘，准备交定金。”

“啊？你黄山的房子还没交付啊，又不能出手，哪有钱付首付呢？”

“嗯，现在看来我真不该买黄山的房子，把第一次贷款的机会用掉了，在上海买房要付五成首付了。”

“是啊，怎么办呢？你上哪儿去借这么些钱，借了又怎么还呢？”

“哈哈，别担心。我忘了告诉你，上个月我们家西安的房子要拆迁了，我爸妈说钱一到手就打给我，刚刚好做首付。”舒平笑得比任何时刻都开心。

嘿，原来这么回事，我真是瞎操心。

连续创业者

九九拥有许多女孩羡慕的精瘦身材，这点源自她父亲的基因，另外，她还继承了她母亲的两个特点：爱说话和爱折腾。九九的妈妈认为她做的那些事不叫折腾，只是因为在农村，没有足够好的舞台才没能成功，时代不同了，女儿一定比自己更优秀。她父亲赞同后半句，认为女儿继承了妻子爱折腾的性格，与他的“稳定基因”中和之后，就会变得激情而富有理性。九九则认为，她爸之所以这么瘦，都是她妈折腾出来的，所以她非常感谢双亲，不但让她可以像模特一样瘦，还能理解她的各种出格举动。

和所有普通孩子一样，随着年龄的增长，父母对九九的期待逐步降低。待她成年时只考上了大专，她妈妈叹息了一声，她爸则安慰道：“没关系，至少比我们强。”

九九的第一份工作是在镇中心小学教数学，不过一个学期后她主动换成了自然科学，这样可以带着学生到田间地头“做实验”。一年后，她对教师工作也厌倦了，想跟她同学一样到大城市去打拼，于是辞去了“铁饭碗”，来到了大上海。

九九来上海的目标不是打工，然而刚开始也只能打工。父母没有财力供她创业，带在身上的钱只够几个月的生活费。如果独住一间屋子的话，工资的一半要用来付房租，所以她跟朋友合租一间房。九九在一家公司做行政，像她一样长得不算难看但没什么技能的年轻女孩，在上海比比皆是。

九九起初的目标很接地气，她去买早餐时，觉得跟开这些早餐店的老乡们一样开间小店就可以了；周末她和姐妹们去逛七浦路，觉得开一间服装店也蛮不错的，可她连一个月的店租都拿不出来。

怎样才能多赚点儿钱呢？多打一份工吧。她走进了肯德基，不过一周后就退出了。这份工作比行政还要无聊，几个小时下来，浑身都是炸鸡味，工资也不多。

她决定跟着别人去义乌进货，晚上去摆地摊卖小饰品。一个月后，她厌倦了整天跟城管“躲猫猫”的游戏。她学别人做微商、开淘宝店，可小饰品的价格还没有快递费高呢。她决定进军高端产业——卖珍珠，跑了趟诸暨带了一批货回来，在宿舍有空就制作珍珠项链、吊坠、耳钉出售。不过她的人脉不够，微商做不起来，淘宝店又几乎完全无人光顾，于是这批贵重的珍珠也积压在家。她将没卖出去的小物件全堆在床底下了，后来的很长一段时间内，她送给别人的生日小礼品、新年礼物全都是这些东西。

一整年下来，她没有任何积蓄，跟刚来上海时没什么两样。

“小姑娘嘛，不要搞了啊，把自己打扮得漂漂亮亮的嫁出去好了呀。”公司做财务的老阿姨提醒她。

“她说得没错，只是表述得太简单，女人除家庭之外还有两个平台可以提供机遇，一个是婚姻，另一个是工作。目前来看，前一个比较现实，有人说，婚姻是女人的第二次投胎。”九九的暧昧男友分析道。他除了赚不到钱，其他方面的能力还是不错的。他口中的机遇没有那么高大上，无非是留在上海生活而已。他的意思是，如果九九嫁给他，至少不用为吃住问题发愁。

“哦？”九九说道，“反正这两个平台你都提供不了，连半间房子都买不起，也没法给我找到好工作。”

九九是这么想的：“是该找个人结婚，然后用他的钱和平台来创业，不过绝不能像我妈一样找我爸这种没实力的。”九九的条件并不好，哪个有钱人愿意娶她呢？这个疑问在她头脑中萦绕了许久，终于在一次逛街时顿悟了。

有位姐妹告诉她：“你看这黄金城道上的女人多休闲，整天逛街、打牌、美容、健身，实在无聊了还要花钱去学做蛋糕、饼干，学了不是去开店，也就做给老公孩子吃。她们嫁的都是有钱人，十年前，这边的有钱人大多是日本来的、韩国来的，现在是国内各种暴发户。”

九九后来真的嫁了一个“有钱人”，过气的有钱人。对方是一个五十岁左右的香港人，之前常在淮海路、南京西路、陆家嘴一带运营商业地产，生意失败后不想回香港了，便留在上海。虽说过了气，但房子还在，另外还有些股票，日子还能过下去。他不年轻了，但说老不老，和香港的太太离婚后也娶不到像样的上海姑娘，直到后来碰到了九九。他们是在一次聚会上偶遇的。

老公准备养老了，可九九并不愿意。她生过儿子之后便不再做行政工作了。有一次抱孩子去体验“婴儿游泳”，九九觉得这是一个机遇，于是她和老公商量，自己开了一家婴儿游泳馆。

开店的过程遇到很多预想不到的问题，从店铺装修开始，到店员招聘管理、顾客招募都比九九想的要难一些。九九的老公不得已参与进来，装修期比预计的长了一个多月，也就等于租金多花了一个多月。九九为了装修风格和老公发生了争执，因为他们的住房在他们认识之前就装修好了，导致她的家装梦想没法实现，现在好不容易有了一个机会，老公却说商业设施装修和家装要求不同，装这个浪费，买那个没必要。结果九九赢了，她主导了店铺装修，不过预算超支了二十多万。

所有来过店铺的人都称赞九九的装修有品位，可其中真正的顾客却没几个，这一带做这个行当的太多了。九九的店铺最漂亮，但顾客最少。

九九之前的暧昧男友也来参观了，他说："每个行业招徕顾客都有它自己的门道，只是你不知道而已。"

九九问他："什么门道？你能帮我做什么？"

"我也说不上来，但大家不是说不熟不做嘛。"

"我就做过一份工作，当然是什么行业都不熟，难道要回去做行政吗？我创业的目标不是让人告诉我什么不行，什么做错了，而是想找到我自己的路。"

他说不过伶牙俐齿的九九，便跑了，从此再也不见面。

婴儿游泳馆开业还没一年就关闭了，九九是讲信誉的，把顾客预存的钱都退了。核算下来她竟然赔了一百多万，费尽心思的豪华装修也白送给房东了。

九九的老公有个朋友是做红酒生意的，同为香港人的他常来家中拜访。他提议九九可以做一家展示店的店长，可九九的老公放不下面子，非要入股一百万元。一旦入股就不可避免地要参与经营，一旦经营就不可避免地接触到上下游资源，九九接触到这些资源后信心大增，她早就厌倦在他人手下听指令的工作了，想要出来自己做。她又成功说服老公卖了一些股票投资红酒生意，自己再次成了老板。

这次九九吸取了婴儿游泳馆的经验教训，开源节流做得不错，第一年竟然小赚了一笔钱。九九开心极了，她第一次做生意取得了成功。

第二年起九九开始做大单，也就是企业客户。她认为这样才能做大，不料赊账太多，渐渐恶化成坏账。老公这时感到了压力，而且他投在股市里的钱都被套住了，抽不出资金来帮她。九九只得将公司歇业。结算完境外供应商的货款之后，之前投入的几百万都变成了应收款，九九在接下来的一年里成了专业收款员，最终有三百万元没收回来。

幸好此时股市又大涨，九九老公翻身了，有能力帮她了。这时九九对红酒没兴趣了，她觉得身为女性，还是应该关注女性相关的商业机会。于是她和几位富太太合伙开了一家微整形机构。这个行业利润高，当然门槛也不低，九九现在只是其中排名第三的股东。这次的生意比较平稳，虽然中间遇到的事情也不少，包括股东之间的矛盾、医美整形事故等，但总体来说还算顺利，还是赚了点儿钱。不过九九不是真正的决策者，因此“快乐也不那么痛快”。

她还有不少空余时间，除带孩子之外又做了些投资，比如入股好姐妹的餐饮店、网上服装店，还在自己的抖音、微信、微博等社交账号中带货高端的母婴产品，用她的话来说就是“在我们家，我负责实体经济，老公负责金融投资”。这些生意有赔有赚，有的投资甚至连她老公都不知道。

时间过得真快，转眼间九九来到上海已经十几年了，她在女性创业圈中小有名气，常有人邀请她去参加一些女性活动、派对，有时候邀请她分享创业经历。有一次九九在台上做了十五分钟的演讲，其间多次被听众的掌声打断，她回看了伙伴们发给她的视频之后，第一次发现自己口才这么好。可是，若干年前，学校老师说她的演讲总是词不达意、言之无物啊，这是怎么回事呢？她很快就找到了答案，小时候的演讲都是抄别人的稿子在台上背词，而现在的演讲都是自己经历过的事，在头脑中总结过无数遍，所以讲起来口随心走。另外，她讲了许多失败的案例，但最终结果是成功的，这样的故事容易让人产生同理心，当然吸引听众了。九九总算找到自己的特长了，她本来就遗传了母亲爱说话的特点嘛，为什么三十年多来从未发挥作用呢?

这次演讲过后，便陆续有一些从事女性创业训练营的机构与九九联系，邀请她加盟，从事线上或线下教学活动。

“这不就是知识付费吗？又不需要投入资金成本，干吗不试试？”九九的老公坚决地支持她。因为只有他知道，九九这十多年折腾下来，赚的钱还不如亏的钱多呢，全是他在后面支撑着。他年纪大了，再也经不住折腾，九九如果能在这种“无本生意”上杀出一条血路，为什么不支持呢?

此后，九九的名片上除若干个CEO、合伙人的名头之外，又多了两个“抬头”：女性创业导师、连续创业者。大家都叫她“九九老师”。

女汉子养成记

余胜男注定要成为一个女汉子，她要强的性格是天生的，名字可能也发挥了暗示作用，当年她妈起名字时希望她将来能证明生她没错，比男孩强。

胜男在上海买了一间房子。真的只是一间，是那种LOFT公寓，上层卧室，下层依次是洗手间、客厅、开放式厨房和阳台，统共只有四十多平米。她一个人住，因此里里外外一切都得自己打理。房子是装修好的，麻烦少了一大半，然而住久了免不了有些要处理的杂事。大家经常能想到的就是换灯泡、维修、疏通管道，这些胜男都经历过，自己处理过，也请过物业、维修工。

一月的一个晚上，胜男在家中洗澡，没洗两分钟水就凉了。她立刻意识到是燃气没有了，立即冲到橱柜边去看燃气表。果然，数字变成了0.00。可以网上充值吗？她百度了一下，结果耗去十几分钟却没有找到任何有效信息。又查询了支付宝和微信，找到了充值页面，可按要求输入卡片上的账户号后都提示账号错误。账号是燃气公司工作人员手写后发下来的，当然可能有误。

她怀着侥幸心理，将充值卡正反面各插进卡槽一次，燃气表数字变成了0.03。她大喜过望，试着打开了厨房的热水龙头，热水器居然开始工作了，于是又冲进浴室，希望能在几分钟内洗完。结果不到一分钟，水又凉了。

胜男用毛巾将身上的泡沫擦干，开始坐在沙发上生闷气。她想起有人在业主群中说过，隔壁社区可以充值。搜索聊天记录后，果然找到了这条信息。那人说是可以拿着卡去隔壁社区的一台燃气充值机上查询账号，通过手机充值，然后在设备上圈存，直接充值的功能已经没有了。“既然有这个办法，今晚就一定要把它办成，否则明天没法做早饭，时间太紧张了。”胜男是一个心里藏不住事的人，今日事今日毕，她不想拖延。

于是她穿上羽绒服，带着燃气充值卡直奔隔壁社区而去。这个社区超大，经过几个路口，问过两个保安后，终于找到了垃圾房边上的一台燃气充值机。插卡后机器显示了账号，“天呐，只差了一个0！”胜男自言自语抱怨道，手写的账号中间有两个0，而正确的卡号有三个0，这是燃气公司工作人员的失误，还是故意捉弄客户？胜男顾不上生气，连忙在支付宝的页面上输入账号，提示账号正确，可是依然不能充值，为什么呢?

系统提示燃气公司业务系统在23：40—00：20停止办理业务，应该是系统维护时间，胜男看了看手机上的时钟，23：43，她恨不能将这台机器砸了。

怎么办？回家要20分钟，明天再来还要20分钟，回家还是继续留在这里等待？她决定还是留下，这符合自己一贯的风格。这段时间锻炼少，她决定在人家的小区里慢跑。小区环境不错，虽然天气很冷，仍然还有一两位跟她一样的深夜锻炼者，所以还不算孤单。胜男慢跑了两圈还不到0点，她不禁怀疑自己是否把从这里到家的距离和时间算错了。不管怎样，还有20分钟就好了，她找了个敞开的单元大厅去暖和了一会儿，这是非常必要的，否则手机会被冻得没电的。大厅的一侧凌乱地摆放着一些快递，另一侧的墙上贴着很多公告。太无聊了，胜男把所有的公告都看完才到00：10，她决定去物业转转，也许那边能给手机充电。

她走到物业办公室时，发现大厅里竟然亮着灯，里面也有一台燃气充值机，一对情侣和一个保安在屏幕前指指点点讨论着什么。胜男推门进去，原来他们也在为充值不成功而烦恼。保安没有充值经验，因此无法指导，这对情侣还在纠结充值选项为什么不能使用，根本没了解到还有手机充值和圈存这两个环节，也不知道还有系统维护时间这个说法。胜男成了老师，告诉他们再等几分钟就可以在手机上充值然后在设备上圈存了，而直接充值的功能早被燃气公司暂停了。

说话间就到了00：20，胜男是四人当中最有“经验”的一位，率先在手机上充值，然后将卡插入了充值机。结果又出现了状况，卡片被卡住了！这可怎么办？他们一起想了各种办法，既要保证卡不被吞，也不能损坏卡片和设备，还好，几分钟后卡片被取出来了，原来是设备内部卡槽的缝隙太大所致。再次插卡时她相当小心，紧紧捏住了卡片，这次没问题，可是屏幕上却显示卡片错误，又是怎么回事呢？

接下来他们决定让那对情侣先试，圈存成功。怎么回事呢？难道胜男的卡片坏了吗？情侣中的女孩分析道，有可能是插卡时机不对，刚才她是先点大屏，然后再根据提示插卡。胜男照着做，果然也成功了。保安感叹道："这些事情，应该让男朋友做啊，你一个女孩子大半夜跑来跑去……"他看着沉默的胜男，似乎意识到了什么，便打住了。

第二天起床，胜男煮面时发现佐料已经用完了，她便去冰箱找了罐豆瓣酱，可是这新买的豆瓣酱罐头瓶实在太难拧开了，她之前都是让店员拧开后带回家的，现在怎么办？

胜男将洗碗毛巾泡水，敷在盖子上拧。不行，还是打不开。她干脆将罐头瓶盖靠近燃气灶烤火，一直烤到发烫，然后再用湿毛巾敷住，竟然轻松拧开了。自己的中学物理没白学啊，热胀冷缩和摩擦力的知识都运用得很好嘛。就在她得意地舀出两勺豆瓣酱时，发现玻璃罐身出现了一道深深的裂纹。"唉，又烂掉了，我真成了女汉子。"庆幸的是，这罐体并没有破碎解体，所以没有割着胜男的手。

这些都算生活中的小事，很多人都遇到过，只是胜男独自完成了，没有让别人来帮忙而已。接下来的事，就足以证明胜男比男人还要强了。

胜男当天下班到家后，便匆匆赶往物业，她约了电视台的人来采访，所以物业必须配合晚点儿下班。

事情是这样的：

她所在的商住公寓每层楼有一间空房子原本是作为公共卫生间设计的，但交付时并不是卫生间，因为每家都有洗手间，这是商住房规避政策导致的结果。后来这间空房子未经业主同意就被物业出租了，费用也没公示，因为没有成立业主委员会。

胜男得知这个情况后，与多位邻居交流，想要拿回属于大家的权利。可邻居中无论男女老幼，上班的不上班的，没人愿意牵头去跟物业交涉。于是胜男写了一份业主意见书，带领同栋楼的一名女孩挨家挨户地敲门，找每位业主签字，建立业主微信群，将意见书递交给了物业公司。

维权之路并不顺利。由于出租“卫生间”的利益已被瓜分，物业当然各种拒绝他们的要求。胜男便发动群内的男业主一同前往物业理论。物业公司一般来说都有一位伶牙俐齿的女主任，还有一个气势汹汹的男主管。业主虽然人多，可大多是文质彬彬之人，在争吵中没有占据任何优势。

胜男交涉了多次都没有结果，只好拨通了电视台的电话：“喂，是都市频道吗？我们小区公共厕所住了人……”公共厕所里竟然住了人？这可是相当吸引人的社会新闻，记者立即过来采访了。

面对记者的提问，原本伶牙俐齿的物业主任立刻改了嘴，之前气势汹汹的男主管也温顺得像只猫，他们只得承诺公布所有往来账单，并清退所有“公厕的租客”。

记者需要拍摄实地镜头用于节目制作，胜男便领着他和摄影师前往各楼层敲门。结果碰到一个凶悍的租户，居然挥舞着菜刀冲了出来，胜男躲闪不及，手指被划破了，这一切都被拍进了镜头。记者立即报了警。警察一来，节目的看点就更多了。

“公厕的租客”这期节目第三天就播出了，收视率很高，引起了城管、居委会、公安等部门的广泛关注。这天晚上，整个小区都在收看这个节目，比春节晚会的收视率还要高。在公众的监督下，物业公司在一周内就将租户清退完毕，并公布了收支情况。他们见到业主们也更加客气了，甚至在想给业主们送什么节日礼物比较好，既要省钱，也要有面子，于是选择了大米和财产保险。

胜男在小区名声大振，她的下一个目标是带领大家成立业委会，更换物业公司。

乞力马扎罗FM

乞力马扎罗FM（本文涉及的企业名均为虚构，以下同）是一家著名的互联网音频平台。在前几年知识付费市场刚兴起的时候，如果能将自己的作品或课程率先放在该平台推广销售，成功的概率无疑会大得多。

潘婷是位英语老师，她业余时间也在培训学校中兼职，学生们都觉得她的声音很好听，属于相当纯正的英式英语。这是自然的，潘婷高中毕业后就在伦敦留学，她的声线遗传自她的妈妈，她的妈妈年轻时是单位广播站的播音员。

潘婷讲课很有特点，在讲述词源、词根、词缀时会引用很多典故，学员们听着故事就记住了。不过线下课讲得再好，学员数量也是有限的。她每天上一次课，每次课10名学员，一周最多带60个人，学制是6个月，因此从培训机构领到的薪资也非常有限。

如果能在网上讲课就好了，理论上学员数量可以无限拓展，冲着这个目标，她找到了乞力马扎罗FM运营部门的小武。

小武在大学里学的是播音主持专业，从事这份工作算是专业对口。他接待潘婷时所有会议室都满了，办公区人又太多，便领着潘婷去隔壁商业广场喝杯咖啡。他俩年龄相仿，同一年大学毕业，因此话题还算投机。小武负责的线上课程板块中名师很多，人才济济，他介绍了线上课程的制作规则，让潘婷制作样课试试，不过也提到线上收费课程要求很高，最好作者自带流量，否则可以考虑从免费课开始。

免费课程可不是潘婷的追求，她想做的是精品课程，让学员们都能体验到切实有效的英文学习方法。她认真地准备了一周，将课程大纲和样课都做好后，约了小武第二次洽谈。为了感谢上次那杯咖啡，她决定请小武吃个午餐。

潘婷很有激情地讲述了一遍自己对于英语培训课的看法，以及自己课程中的独到之处。小武点点头，说道："这个要看你对变现的渴望有多强烈了，其实收费课程难度还是比较大的，我们很多老师自带流量，也就是大家通常说的名气比较大。就英语课这个事情来说，准备开课的老师也不少，有很多是大学里的外语老师，还有中学特级教师等，他们有的是声音条件不太好，有的是讲课的交互感不太强，你这两方面都没问题，就是'抬头'方面弱一点儿。"

潘婷问："不是说声音领域不看学历、不看背景，只要课程好，表现力强就可以了吗？再说了，我也是英语教师，只不过比较年轻，所以还没有像样的职称和'抬头'啊！"

小武回答："话是没错。但是我们课程很多，如果没有推广的话，有些课就会淹没在汪洋大海之中。所以好的课程还需要有推广位的，申请不到推广位，听众怎么看到你的课呢？'大V'就不一样了，他们发几条微博，就会带来很多流量。"

潘婷问："你不能帮我申请推广位吗？"

小武回答："这个比较难，我手上的课程太多，资源池就这么大，我推了这个，其他课程得到的就少了。我还是觉得，你可以先从免费课程做起，如果听众反响好，我们再转成收费课程。”

潘婷问：“那么不申请推广位，直接开通收费课程也不行吗？”

小武说：“不是不可以啊，你看我们这么熟了，你要开通收费课程我当然会帮你，可是做课这个东西要花很多精力，我们的管理人员还会提很多要求，结果花费你很多时间又没推广位，对你来说就不划算了。而且管理人员又很忙，他们的KPI考核也比较严格，时间上有时候安排不过来，我去特别要求他们，他们还会觉得我有什么个人想法。”

显然，这是拒绝的另外一种说法。没有小武的支持，自己的课程没法上架成为收费课程。潘婷烦恼极了，她又讲了很多决心和信心，都被小武挡了回去。到最后大家都觉得这段午餐时光有点儿尴尬了，于是相互告辞。

看来这“乞力马扎罗山”还真难爬啊。潘婷到家之后郁闷极了，她约了小姐妹一起吃火锅，向她们吐槽小武和乞力马扎罗FM。不过姐妹们吐槽归吐槽，并不能提供什么好点子，热闹之后潘婷还得一个人面对失落。

怎么办？抱怨解决不了问题，潘婷想：“我得做点儿让小武感到后悔的事，攻不下乞力马扎罗FM，难道就没有别的音频平台合作吗？”当然有，于是潘婷又找到了北京的一家叫作耳语FM的平台。排名中游的平台积极性果然强很多，他们处于挑战者象限，虽然公司和平台都没有乞力马扎罗FM大，但采用项目团队负责制，工作效率高了很多，在课程推广力度上也大了很多，他们有很多合作渠道，一起推广一起分成，相对乞力马扎罗FM的品牌拉动效应来说，他们更擅长于推动项目。

耳语FM的K12（kindergarten through twelfth grade，从幼儿园到12年级/高三的基础教育）团队觉得潘婷的课程很好，立即就上线推广了，99元的课程半年就卖了一万多套，潘婷拿到的分成已经超过她两年的薪资了。她从未体验过这种“有钱”的惊喜。接下来，她的分成还将继续增长，未来这笔钱用来干吗呢?

年底，她的存款真的有了一百万。她做了继线上英语课以来的第二个正确决定，以这笔钱为首付，在中山公园后面买了一套30多平方米的一室一厅老公房。她可没用父母一分钱啊，就在上海拥有了自己的第一套房子。

不过妈妈知道后大骂她一顿：“买房子也不跟我商量一下，这么小的房子怎么住？我这里还有一百万啊，换个50平的两室不好吗？”于是不到两年她又重新换了个房子。

潘婷在耳语FM取得重大突破之后声名鹊起，于是有出版机构联系她出书。她书写得相当快，三个月交稿，然后再过三个月，书就出版发行了。

第二年，乞力马扎罗FM的一个女孩联系到潘婷，表达了要与她合作的意愿。

潘婷说：“哦，你们同事去年有联系过我啊。”

女孩问：“是吗？是我们哪位同事呢？”

潘婷说：“小武，你认识他吗？”

女孩说：“我们部门的大师兄啊，他刚离开不久呢。去年你们谈的是英语课吗？”

潘婷回答："当然，乞力马扎罗FM是我接触到的第一个音频平台，先找最大的平台都是人之常情嘛，不过他当时并不看好我的课程，说只能上免费课。所以后来我才找了耳语FM合作。"

女孩说："是这样子的啊。不过呢，这次是我们部门总监想要联系您，我们强强联合的话，您的课程只会卖得更好。"

潘婷说："说实话，我之前一直在盼着和乞力马扎罗FM合作呢，但现在还不行，我签了耳语FM的独家，耳语FM也在我的课程上投入了很多的资源，所以我不能违约。"

女孩有些遗憾："哦，真是太不巧了……"

不过，两年的禁业期过后，乞力马扎罗FM还是和潘婷建立了合作关系，开发了一套全新的英语学习课程。潘婷的事业踏上了新的高峰。至于小武，大家再也没有提起他，也不知道他在哪个公司打工呢。

自此，潘婷不再只是洗发水的代名词，"潘婷英语""跟潘婷老师学英文"在业内也名气颇大，成为一代人回顾中学时光的记忆标签。

丽丽开店

二楼，靠街角的地方有个玻璃门，里面的布置很简洁，两个圆形沙发椅，几张高脚凳，一个迷你吧台，屋顶是一排排的射灯。玻璃幕墙外车水马龙，室内却听不到什么声响。晚上八点，丽丽在她的一家服装专卖店接受我的“专访”。

“这是一间‘景观房’，是我们平时拍摄衣服照片和直播的地方，偶尔用来接待客人。”

“哦，怪不得视野和光线都这么好。”

“没错，现在没阳光了，不介意的话，我把窗帘都拉开吧，感觉会更好一些。外面的人能看见我们在聊天，但不知道我们说的是什么，我就喜欢这种感觉。”

“感觉我们像两个橱窗模特，哈哈。”

“这是我的第七家，也可以算是第八家店铺吧，因为有一间是跟别人合伙的。”丽丽说这话时，像在描述一件很客观的事。我记得之前听一位老太太讲自己生育了七个孩子，自豪之情溢于言表。常有人将创业比喻成孕育新生命，不过开店和生孩子差异还是很大，可能当事人对成功的概率没那么笃定。

“好厉害，八家专卖店，营业额应该很高吧？”

“还可以，目前都是正向的。”正向这个词用途真是广泛，只要是当事人可以接受的，都可以解释为正向。

“是因为你选的品牌方好，还是说经营有方，开一家活一家？”

“这个要看的，有的品牌处于上升期，只要开店就赚钱，但不会太持久，情况一直在变化，我们要做的就是确保平台期也能赚到钱，品牌衰退之前及时发现，及时转型抽离。其实每家连锁品牌的加盟商当中都有赚钱的和赔钱的，但我们一直是盈利的。所有店铺，每年都是盈利的，这个很不容易。之前我自己开的那种服装店，不是专卖店，也没赔过本。品牌方跟我们是双向选择。人家来我们这里找合作伙伴，很看重这个名声的；当然我们选品也很谨慎，都要去厂家考察的。大家理念上合得来，能够持续发展就合作，否则再火我们也不做的。”

“嗯，并不是每家服装店都能赚钱，街上到处是店铺转让，肯定有很多经营不下去的。”

“没错。高中毕业那年，我十八岁，当时一同起步开童装店的女孩子，还在那个位置开店，听说最近好像要把店铺转出去了。”

“差异在哪里呢？”

“我和她最早都是开童装店。现在去人民路那边看的话，一条街都是童装店，但二十年前，只有我们两家。她的店一直是卖童装，不是品牌专卖，什么都有的那种，一直没什么变化，其实能做到现在也很不容易了。童装店的特点是起步低，批发市场进来的货相当便宜。那时生活水平也不高，家长对童装的式样没那么挑。人家给小孩子送礼的，随随便便买几件。第二年，我们隔壁就开了好几家同样的店铺，我觉得光卖童装不行，店里就开始卖玩具，还有进口奶粉。当时城里有钱人托人去广州、香港或者国外带奶粉，因为我自己刚生过孩子，有渠道，就帮顾客带。不过带得多了，就会被人举报，我想还是做服装吧，总不至于改行做食品吧？于是就想到了做童装品牌加盟。按现在的眼光，城里的家庭，没有品牌的童装谁买啊？当年不一样，整个县城只有我一家专卖店，大家都觉得加盟费太贵，舍不得，又担心没市场。我不担心，之前我积累的就是高端客源。在县城里吃进口奶粉的，买个品牌童装没问题吧？之前他们都是托人从广州带回来。开店这种事，其实也不只是开店，很多事都这样，你总不能一招鲜，吃遍天。从小的方面来讲，我们现在每个月都有促销活动，隔三岔五要改变店内的布局，让客户有新鲜感，货品更新、装修这些都不用说了；大的方面呢，就是每隔几年就得转型，不要怕累。怕累，怕变化，怕风险，只会更累，风险更大。今年我们去上海培训，老板带我们去他家做客，好大一栋房子，院子里都可以打球。他这个院子是从人家那里质押来的，原来的老板已经不知道哪儿去了。他说，当今世界唯一不变的就是变化。”

我注意到她提了生孩子，似乎挺早的，待会儿得问问怎么回事。

“之后又是怎么转到女装上来了呢？”

“这个跟我自己的成长有关，对女装的认知不一样了，想进入这个主流市场，服装市场的主流是女装。我们现在不只是做女装，八家店当中还有两家男装店。我对男装也有自己的看法，只不过刚开始资金不足，所以先做女装加盟店，前几年才开始做男装。男装店的装修比较费钱，而且平时看不到什么人，不过但凡进来的顾客都是会买东西的，出手就上千，客单价高。”

“那么，商业环境变化这么快，会不会很有危机感？为什么我看到的是各种品牌此起彼伏，还有就是街面上的服装店老是转让呢？”

“你是从消费者的角度来看的，我们从业者的体验是不一样的。那些老是转来转去的服装店店主，十有八九是些喜欢穿搭的女孩子，自己喜欢漂亮衣服，所以开一间小店。很多咖啡厅、奶茶店也是这样。但做生意不是这么个逻辑，赚钱呢，你得通盘考虑整个市场环境、消费者心理，以及自己在各类商家中的竞争态势。二十年前，随便开家店都能赚到钱，现在的经营环境跟从前大不一样了，思路就得变一变。你会发现，现在的生意做得越大越稳，市场上有什么潮流动向，我们都能把握住。因为这七八家店铺都是旗舰店，规模很大，位置很好的，所以有什么品牌要来我们这里开拓市场，首先会想到跟我合作，根本不用害怕什么一不小心被人超越。除非自己不用心，不关注。退一步讲，我要是发现什么小店很新颖，很赚钱，把它买下来就是了，如果人家不愿意卖，那么就找到它的竞品，在它对面一模一样再开一家就好。你看那些奶茶店就是这样的，几个月就转手，去年开的店今年就换门脸了。不过我们服装行业竞争也没那么激烈，品牌专卖店的话，一般连续经营个十年八年没什么问题。”

“你做了二十年服装，有没有涉足过，或者是想过试试别的行业？”

“有过。餐饮、教育培训，很早的时候还考虑过开手机店，后来发现还是服装更适合我。教育培训中的艺术培训方向，一直是我想做的一个方向。”

“做艺术培训，是有什么契机吗？”

“我小的时候喜欢唱歌跳舞，特别是跳舞，想做舞蹈演员。就是自己乱跳，跳到什么程度，自己不清楚，家人也不懂，不知道送我去艺术学校学习，还是一直上普通的小学、中学，学文化课，可是我对这些一点儿兴趣都没有。学校老师整天叫家长来，说我坐不住，做题没耐心，学习差。但是现在没人说我没耐心了，前些年我自己做账，都做得好好的，因为别人做我不放心啊。大约有十年时间，我对自己的文化程度非常自卑。还好开店不需要学历，只需要实践，我才有机会。不过后来我总结过，学习和工作的逻辑不一样，不管是上班也好，做生意也好，知识够用就可以了。中学的语文、英语啊，甚至最基本的数理化知识我还记得一点儿，有些内容上了大学的人反而不太记得了。当然，要做题的话，我还是做不过他们。所以我觉得那时候就是个兴趣问题，不是所有人都要去学数理化，长大了去当工程师的。当时县城里也没有艺术培训机构，学这个得去市里、省里，要花很多钱，还得家长有时间陪护。也可能我的父母懂这个道理，但觉得我跳得不够好，这方面的特长还不够吧，总之，我是没走向这条路。所以赚到一些钱之后，就一直想搞个舞蹈培训学校，让以后的一些孩子不至于错过这条路。但它要求一些资质，门槛还挺高，我得请人，要请很好的老师来教才行，所以还是放弃了。”

“所以，本意是自己错过了艺术这条路，不想别人也错过。

但生意不是公益，还得考虑赚钱。对吧？”

“没错。”

“最初创业时，有没有考虑过其他方向呢？”

“高中刚毕业时，我还想过开幼儿园，因为我喜欢小孩子嘛，但我连幼师都考不上，根本拿不到办学资质。那时也没什么民办幼儿园，都是公办的，办幼儿园也不容易，而且那年刚好有人办幼儿园出了事，我妈就说还是算了吧。当时我开童装店的想法很简单，就是为了生存。在小县城里，做个体户的选择不多，开服装店最简单。开餐馆还要餐饮服务许可证，消防什么的查得很严。我刚开始做童装店的第一年，连营业执照都没办，租个店面挂几件衣服就开张了，后来还是我妈去帮我办的营业执照。其实刚开始没想创业，就是想有个工作，赚钱吃饭而已。可是我找不到工作，所以只能做个体户，现在回想起来这就叫创业，也可以叫灵活就业，那时候就是想混碗饭吃，比摆地摊强一点点而已。如果当时我爸妈没有帮我，肯定要从摆地摊做起的。那时候我很幼稚，根本不懂怎么做生意，心还很大。我问我妈，全国有多少人啊。我妈说12亿，你想干吗。我说每个人让我赚一块钱，不就有12亿了吗？你说当时有多傻。”

“谁年轻时没说过几句大话啊。”

“后来我才发现，自己面对的就是我们县的几十万人口而已，甚至只是当天逛那条街的人。这个落差不是一点点大，我过了很久才学会市场分析，之前都是凭感觉。”

“凭感觉也行，走对了路就好。有时候并不需要那么精确。”

“没错，小县城里的小老板，估计没几个人读过市场营销吧？我是后来参加一些厂商的培训，才接触到一些经济学、市场营销的概念的。”

“刚开店的时候，有没有一种酸楚的感觉？就觉得所有的美好都远去了，得自己养活自己。”

“当然有啊，所以我才选童装啊，就是用小孩子的东西麻痹自己，以为自己还没长大。什么跳舞啊，考大学啊，哎呀，感觉太遥远，太可笑了。回家打开电视，看到人家跳这么好，自己更没信心了，以为天赋不如人家，哪里知道人家从幼儿园就开始培养了。如果有现在的经济条件，我一定从小走艺术的路子，而不是去跟人家竞争文化课。”

“现在也很成功啊。”

“阴差阳错吧。出生在小地方嘛，就是有这么个局限性。不过我爸妈还是给了我很大帮助的，他们从来不觉得考不上大学是个什么问题，第一次开店的本金也是他们出的。我爸上过中专，搞过五金农机店嘛，对做生意这种事从来不反对。我没有跳成舞，还是相当遗憾的，现在有经济基础了，也没法跳了。所以后来老大考大学时，我就坚决支持她考艺术类……”

“等等，你孩子上大学了？”

“没错啊，我今年三十八岁了，我十九岁生的老大，现在她也十九岁了，已经去读大学了，学跳舞，呵呵。”

“不是说二十岁才能结婚吗？”

“这个嘛，总归是有办法的啊，我们这边有的是改年龄，有的是先办酒席，孩子先生好，等到二十岁再去补办结婚证，交罚款，然后给孩子办户口。”

“啊？还有这种操作？”

“哈哈，那怎么办呢？孩子总归要生下来吧？我们两个，还有双方父母，都支持先生孩子。我们从初中开始谈恋爱，高一的时候就见过双方父母了，高中毕业都在一起三四年了。成家立业嘛，当然要趁早啊。”

“真早熟啊。十九岁，大多数人在这个年龄还不懂事呢。”

“还好吧，其实我们高一就订下来了。”

“十六岁订婚？再次刷新我的观念。”

“其实现在回想起来没什么的，每个人情况不一样。那个时候想得很清楚，双方家庭都差不多，都是自己做生意的。放在以前，十三四岁开始学徒，到十七八岁结婚很正常。我上高中的时候，寒暑假就开始跟着人家下广州学怎么进货了。他也是跟着人家承包工程什么的，老师就把我们两个一起叫到办公室去问话，说人家大学生才搞社会实践，你们高中阶段应该好好补习功课，至少也做点儿跟学习相关的事。”

“啊？你老公也是和你一样大？”

“是啊，我们同班同学。”

“男的不是要二十二岁才可以领证吗？”

“这个嘛，哈哈，反正孩子也生了，婚也结了。后面还生了老二和老三。”

“太幸福了。”

“哈哈，还好吧。我们呢，从十五岁到现在，你数数，二十三马上二十四年了，两个生肖来回了噢。你说，他还能跟谁一起过呢？是不是？我又去哪儿找这样的人呢？呵呵。”丽丽笑得好天真，不像三十八岁的中年人，两个小酒窝连带小虎牙都出来了，有爱情滋润的女人啊，永远十八。

“老三多大了？”

“老三还小，是个男孩子，才上幼儿园。”

“哦，年龄差距还挺大的。”

“是啊，生了老二之后，还是管得比较严的，这几年放松了，才生的老三。”

“想生男孩？”

“其实都可以的。只不过前两个都是女孩子，第三个了，是个人都想生男孩啊。”

“老三皮不皮？”

“当然皮啊。不过还好啦，跟他在一起，我感觉至少年轻十岁。”

“多好，一个幼儿园，一个中学，一个大学。”

“老二是初中，今年中考，所以她也很忙。”

“啊，刚才一谈到结婚生子，话题就跑远了，哈哈，女人聊天就容易被这个牵着走。所以，结果是大女儿实现了你最初的愿望——跳舞。”

“她也喜欢跳，跟我一样不喜欢上文化课。老二就不随我，老二喜欢读书，成绩还不错。老大呢，等她大学毕业，资格证书都有，也不用去上班了，就回我们这里来，开开培训班招生，教教小朋友跳舞唱歌算了，我来给她兜底。我们也懒得找什么关系让她进机关单位了，全家都没有做官的基因，还是自己做生意吧，再苦再累，都是自己的。自己打拼出来，将来成家后，在家里也有地位。”

“现在家里你说了算？”

“也不是，我们各自做主，他有他的生意，我做我的。财务独立，哈哈。”

“他从事什么行业？”

“嗯，物流、建筑、酒店、房地产，做过很多，房地产也不是那种大的，就是做个科技园、物流园之类的出租出售。其实有的时候就是包工头做成业主了。”

“你们生意做得都很大。”

“还好吧，我们的生意真的不算什么。还别说，在我们这个小县城里，亿万富翁数都数不过来，什么挖稀土矿的，做房地产的，修桥修路的，人家本事大得很。真的，我们这种没权没势的，连小鱼小虾都算不上，只是个体户年头做久了而已。”

“在同学当中，应该算是很成功的了吧？”

“嗯，还好，其实早年我跟我的同学们几乎没有交流，只是这两年加入商贸协会后才重新建立联系。”

“重新找到了共同话题？”

“同学这个东西很奇妙的，年轻的时候跟现在完全两码事。现在大家都有自己的事业和儿女了，资源互换，相互帮忙，关系反而好了，过年过节有时候还会串门聚聚。以前是基本不往来，刚做生意那几年，人家都在读大学，跟我们没什么共同语言。”

“大浪淘沙，有类似的经历才有相似的理念，大家才能聚在一起。”

“没错啊，都是留在本地的同学，外地的几年、十几年也见不到一次。商贸协会的前任会长是我们同学，他先联系到我的，说是加入组织，将来有个照应，我就去了。去了一看，好几个同学都在。今年换届，他们说要选我当副会长。”

“不挺好的嘛。”

“我们连续几年参加商贸协会的活动，带头给乡下的小学捐款，另外营业额排名还可以，在服装这个领域我们算做得比较大的。在县城里比上不足，比下有余。”

“有个说法是，县城是个相对独立的生态圈，它的亲情关系比较强，跟外界的联系没那么密切。外面的人想要涉足当地的一些生意，还是要跟本地人合作。不像大城市，想开什么分支机构，直接派人过去就好了。”

“县里市场也没那么大啊，很少会有厂商把办事处、分公司设在县里，都是找加盟商。开设专卖店前，老板和店长都要去总部培训的。”

“这些品牌的总部在哪里？”

“最早都是在广州、温州，后来也有迁到上海去的。不过订货会、培训不一定放在总部，会轮流选些大城市，所以我这些年跑了好多地方。如果业绩做到全省甚至全国前几名，总部还会奖励出国旅行。我二十几岁三十岁的时候，去大城市还会有点儿自卑，觉得自己土嘛，这些年满世界跑了之后，觉得做小镇青年也蛮好。现在交通还有网络都很顺畅，感觉地域差距没那么大了，而且我觉得在家乡赚钱更轻松，亲戚朋友都在，生活更方便。其实国产服装品牌的市场主要就在县城和地级市，省会都不太好做。我们的店铺排名一般都比较靠前，因为这里人口比较多，而且不像沿海的地方，很多有钱人买进口品牌。另外一个就是我们这种内陆县，一般厂家只找一家合作伙伴，沿海那种百强县呢，是好几家竞争。”

“这些店铺都是自己管理吗？”

“每家店都是自己管理，虽然累点儿，我还是坚持这个原则。店长虽然也能帮着做些事，但关键的事还得抓在自己手里。我去很多地方参观过，借鉴别人的经验教训，还成立了公司。”

“成立公司？是不是想过做自己的服装品牌？”

“也不是。我们肯定不适合做自己的品牌，是考虑到将来店铺管理的需求，还有多种经营的可能。”

这时，门口传来奶声奶气的童声：“妈妈。”一个年轻的店员领着一个小男孩进来了。

“哎呀，宝贝，你怎么来了？走，我们跟这个漂亮阿姨一起吃夜宵去。”丽丽脸上乐开了花，一边抱起孩子，一边跟我说，“带你去老桥那边尝尝我们这边的小吃，越来越热闹了。待在老家就这点好，吃什么都是小时候的味道。”

门 事

“珊珊姐，我不知道怎么开口讲我的故事。”

“没事啊，海萍，你什么都可以讲啊。”

“今天，我算是鼓足了勇气给你打电话，可电话接通了，还是不知道怎么表达。”

我想象不出，世上还有什么奇特的故事无法用语言表达。海萍是我的优秀学员中最漂亮的一个，心态阳光积极。她原本是学美术的，但什么工作都能做，繁忙的工作之余还挤出时间来做社区志愿者。她的声音表现力也越来越强，后来成为我的兼职助教之一，非常受学生欢迎。她读了我的短篇小说集《单身十年》后跟我分享阅读体验：“这不就是我们这些女孩子的故事吗？可能我的奇葩经历也够写成小说了。”我便鼓励她写作，她却说：“不，暂时还没有勇气自己把它写出来。改天，我说给你听，也许你可以把它写在下一本书里面。”其实我想向她声明，小说不是人物传记，不用对号入座，即便是纪实文学，百分百写实怕也是不合适的。何况文学艺术都是对现实生活的模拟，作者写作时难免受限于自己的价值观，夹杂“私货”。文字写作和阅读的过程，比不得胶片和磁盘，读写的过程既不能数字化，也不能准确模拟复现生活的真实影像，“一千个读者眼里有一千个哈姆雷特”，每个人头脑中的林黛玉也都不一样。当事人对作品内容涉及自己的形象描写，往往都不会满意。结果她继续说道：“现在这个阶段，我的描述可能也不会客观。两个人的事，一个人来讲，怎么说呢？不可能不带有主观性。不过我觉得，许多年轻的女孩子会遇到跟我类似的困境，把我的故事讲出来，里面的事实部分能对她们有启发作用，让她们避免踩到同样的坑，是一件有价值的事。”她这么说，我就放心了。不过这一等就是几个月，直到这一天，海萍终于再次提及此事。

“珊姐，”她对我的称呼又亲切了一些，“要不，你先上网查一下‘门事’，我再给你打电话？”

“门事？”我开始在网上搜索这两个字。

“对，就是门当户对的门，事情的事。”

“海萍，我已经找到了。粗略看了几条信息，真是天下之大无奇不有，头一回听说这种事。”

“珊姐，你觉得，女孩子有这种问题，其实只是很轻微的，真的很重要吗？”

“不重要啊，我印象中很多人都有那么一点点啊，要不香水为什么卖得那么好？而且，万一严重的话，还可以做个小手术去除掉啊。”

“刚开始我也觉得不那么重要，而且我们之间这么多年了，可是，分手的直接原因就是这个。我们十八岁时就在一起了，上学的时候就去过他家，这些年前前后后不知道跑过多少次他们家。他是独生子，我是独生女，说实话，双方都希望孩子留在身边。为了感情，我说服了父母，准备去他家那里工作。这两年我付出了很多，一边工作，一边准备考研，一边还要去看他。交通不方便，又有疫情，经常要绕路，要中转。飞机转火车，火车再转汽车，路费高不说，路上还经常有各种突发状况，隔离、封路、水灾、停水停电，什么都遇到过。去年郑州发大水，我就刚好被困在路上。有一次还坐了夜班长途汽车，好久好久才到。虽然非常辛苦，但我觉得心里有目标，一切都是值得的。没想到到了谈婚论嫁的时候，他们家居然提出什么‘门事’来。”

“我觉得这样很不礼貌，拿人家女孩子的隐私说事。”

“可是在他们当地，这个好像都不算隐私，都可以公开讨论的。你可以想象，一个外地女孩子因为这种原因被一个家庭拒绝，是多没面子的一种事。”

“还有，一个年轻漂亮的女孩子，来回奔波，路上会不会遇到危险？要是被人贩子拐卖了怎么办？你父母放心吗？他放心吗？我听你讲都觉得着急，居然没有人关心这个，还去计较什么门事，简直没人性。”我都愤怒了。

“现在回想起来有些后怕，不过当时都没介意，觉得心里有目标，就什么也不担心。我的父母也是很开明的人，从小到大都很尊重我。”

“尊重归尊重，女儿的安全应该要关注啊，另外，你去那边后受到什么样的待遇，他们也不过问一下？居然有这么佛系的父母，你还是独生子女呢。”

“可能是我隐瞒了一些情况，他们了解得很少。”

“说起来很好奇，那个男生什么方面吸引了你？你自身的条件很不错啊，完全可以到一线城市来工作生活，根本不用担心今后找不到优秀的男性。”

“我也想过去北京、上海，而且我觉得自己的能力可以达到。不过，可能我也是个外貌协会会员、颜值控，喜欢长得比较好看的男生，他的身材还蛮好的，再说我们从学校到现在，都那么多年了，不舍得。我可能在很多事情上都能做到比较理性，唯独感情上不行。他大学毕业时，我还陪他一起去过北京实习，当时我就在北京找到了一份工作，每天晚上下班后一个人走过一条黑灯瞎火的胡同回到住处，像妈妈一样照顾他。其实，那个时候我就觉得自己可能做出了错误的选择。可是，我没法放弃他，越往后我就越觉得，已经付出了这么多努力，就应该得到回报。我一定能够感化他，一定能够改变他。后来，我又希望他能帮我分担一点儿家务，或者陪我去什么地方，他都不愿意。我希望他去找工作，他也不太愿意。可能仗着自己家庭条件比较好，还有些底子，不愿意将就，毕竟工作就会有上级，就需要妥协，可能会受气。那我觉得，好的，你不愿去上班，我先去挣钱也不是不可以。可他对城市也挑剔，适应不了大城市，从北京到重庆再到郑州，他都适应不了，说要回家。开始我觉得也可以，那么我陪你回家，回到这么一个县级城市去。但是我在一个县城里能干什么呢？根本找不到适合我的工作。所以我还得在大点儿的城市里上班，然后周末抽空回去看他，这样就成了异地恋。”

一个年轻漂亮的女孩子，宁可放弃整个世界，也要跟着一个臭小子跑到这么偏远的小城去生活，还要忍受“恶俗”的折磨。这究竟是怎么造成的?

“海萍，你们是怎么认识的？”

“说起来还蛮有意思的，是我主动找的他。刚上大学那一年，我和一个小伙伴一起乘公交车回学校。他是中途上车的，从我跟前走过那一瞬间，就让我心里一动。说不上来怎么回事，总之有一种很亲切、很熟悉的感觉，可我们明明是第一次相遇。我甚至都没看清他的脸，只看见了鼻梁，他一闪就走到车尾去了。当时我就跟小伙伴讲，这个男生就是我喜欢的类型。小伙伴就跟我打赌，如果她能要来电话号码，我敢不敢主动去追。当时我也想考验一下自己，反正她冲在前面。结果人家走过去两句话把号码要过来了，可能说的就是我的朋友喜欢你之类的话。刚好我们在同一站下车，我还主动上前打了个招呼，聊了几句，发现居然是同一个学校的师兄。回到宿舍后，我发现那电话号码居然只有十位数，缺哪一位呢？我就去网上搜，前面三位肯定是完整的，中间四位有地域属性，按说也不会错，所以我就在最后三位数里加上一位数，从0到9打过去，打了三十个电话，居然都不对。我非常难过，室友们就帮我一起去找整个学校所有叫这个名字的男生，不过重名的太多，居然一个多月也没找到。就在我们打算放弃的时候，他突然间找到我了，真是莫大的惊喜。”

“那么他是怎么找到你的？”

“他在贴吧上发的帖子，说哪一天同坐哪一趟公交车，有个长什么样的同校女孩子，问他要了电话号码就一直没联系，他非常想找到我。结果有个跟他重名的人，是之前我们找过的，看到了这条帖子，就回复了他关于我的信息。”

“嗯，你们认识的过程很有故事性，非常像青春题材的电影、电视剧场景。”

“是啊，所以我们都觉得很有缘分，就在一起了，一直到今年。”

“所以会不舍得分手。”

“其实中间还是遇到很多事的。比如，我跟他在一起后有大半年，都是我主动去找他，他不来找我，还有几次拌嘴后他就把我拉黑了。可是每次他把我重新加回来之后，我又毫无怨言地跟他和好，就像什么都没发生一样。直到有个女孩子来找我，说是他女朋友，我才知道自己被‘小三’了。我就说，让他自己选吧，因为打心底不想放弃。结果他选择跟那个女孩分手，和我在一起。当时我内疚了好长一阵子，总觉得自己做错了什么，所以他那时候怎么生气，我都顺着他。”

“所以从一开始你就由于太主动而陷入了被动。”

“没错，后面在一起的时候，他无数次重复这样的举动，我每次都是被分手，努力挽回，然后再次被分手。”

“这么看来，他们家说的门事，很可能只是一个托词，一个完美的借口。刚才听你讲，毕业后都是你去看他，这么多年他来过你家几次？”

“两次。他吃不惯南方的食物，说是水土不服，每次来没两天就走了。其实我也想过，如果爱一个人，怎么都会忍受下去，就跟我一样，路上不管多辛苦，都要抵达目的地。”

“所以我认为，你们分手是件好事。按照我对你的了解，以及你对他的描述，我觉得你比他优秀多了，完全没必要这么低姿态，这个男生在拖你的后腿。”我直接这么说了。

“是的，我也认识到了，可每次分手后，只要他联系我，或者表示可以复合，我就又毫不迟疑地跟他重归于好了。因为我觉得他是爱我的，我们之间除了矛盾，还是有很多快乐时光的。在一起的时候能够感觉得到那种爱，非常细腻和温柔，无拘无束，自由随性。在他的眼睛里能看到我的影子，在我的身上也能找到他的某些情绪表达。任何情侣在一起，都不可能只有痛苦而没有快乐，是吧？否则也不可能在一起这么多年。另外，我觉得他不是一个坏人，其实他很善良，很单纯，没有什么心思。这也是我喜欢他的一个原因。他看到电影里面的人被欺负，每次都会流泪；他很喜欢小猫小狗这些弱小的动物；他不会处理一些复杂的人际关系，只是按最简单的是非曲直来判断好坏，没有去考虑自己的利益，所以他适应不了职场，没法去上班……他是一个很需要被别人照顾的人，而我恰恰可以给他提供这种照顾。有时候，我觉得自己就是别人口中的'圣母'。他如果不在父母身边，没有我的话，是生活不下去的。我们两个在一起配合得很好，这也是我很享受跟他在一起的原因。人家都说'圣母'和'渣男'是绝配，我也知道他可能是个'渣男'，可就是放不下。"

"现在不是挺好吗？他们家已经帮你做出了决定。"我认为，她是被一些两性之间最基本的情感蒙蔽了，她跟其他人恋爱也能达到这种程度，跟小猫小狗在一起也会有感情。然而人是有社会属性的，这个男人一旦与社会属性相结合，就显得非常不友好。

"真的没想到，这次是彻底分开了，连朋友都没得做那种。之前每次分手，过不了一个月，指定会复合，这次是几个月了，音信全无。"

“假如，他现在联系你，你还会跟他复合吗？”

“我想，还是会的。不过我能感觉到，这次没有可能了。他跟我解释‘门事’这件事，就知道没下次了。他说不想让自己的父母为难，在他们那边，结婚前会去对方老家做‘背景调查’，如果谈的对象有这个毛病，是会遗传的，哪怕不是自己有，是外公外婆或爷爷奶奶、阿姨姑姑有也不行，会被视为家门不幸，让自己的父母抬不起头来。他们认为这个毛病的性质跟麻风病差不多，比遗传性精神病还要厉害，会给整个家族带来晦气。”

“既然如此，正好，算了。你提到的关于他的一些形容词，是没法量化的。比如善良、单纯，其实不是典型意义的善良和单纯，在你遇到困难时，需要帮助时，他怎么不善良，不单纯呢？哪有一个大男人让自己的女朋友不顾危险到处跑来跑去的？他就是一个‘妈宝男’，承担不起任何责任来，没有面对社会的能力。”

“他的妈妈有癔症，所以他爸照顾他妈妈大半辈子，也很不容易。他不想给他爸增加更多精神负担了。”

“天呐！明明他们家有更严重的基因缺陷，居然还在挑剔别人。这是哪儿来的自信？”

“其实他们家人除了上面讲的这些还是蛮好的。”

“你没觉得，你的父母更好吗？他们就一个女儿，居然舍得让你吃这样的苦，跑那么远。如果他们知道这件事会怎么想？”

“所以我不想让他们知道。我父母在我们当地都是事业单位工作人员，他们之前的想法很简单，就是等我大学毕业后，帮我在当地找个稳定的工作，或者考个公务员、事业编、中学教师之类，然后在当地找个对象，跟他们一起生活下去。可我不愿意，总想往外跑，他们也拦不住，只好由着我。”

“我觉得你误会了婚姻的本质，它跟恋爱是两个概念。你读过我那本《明白》吗？”

“刚读完《单身十年》，我尽快去看看《明白》。”

“其实我在《单身十年》的一个故事里也讲到了婚姻的三大要素：情感、经济、子女抚养。你目前只考虑了第一个问题——情感，而第二个、第三个问题目前来看都太遥远了。我们仔细来分析，这个情感也是有很大问题的。你们两个之间，你比他要主动得多，他甚至因为怕累怕吃不惯，不愿到你家来看你，而是你去看他。这种迁就很难持续，你也讲过，还是希望自己的付出将来能得到回报，目前来看很难。”

“没错。经济问题我也考虑过，但他从不往这个方向去想。我认为他们家虽然经济条件不错，但自己总归要做点儿什么。他爸是做生意的，但他又对他爸的生意毫无兴趣。他喜欢健身，但在他们这种城市，又开不起来他想做的那种健身馆，我的专业也很难找到工作或者创业机会。然而外面的大城市他又都不适应，所以就选择回家待着，什么也不干，整天玩游戏。我大学毕业后，甚至毕业前都一直在工作、赚钱，满足我们的日常开销，还有路费，蛮辛苦的，可是他妈妈却说：‘海萍，你究竟在折腾什么啊？一会儿北京，一会儿重庆，一会儿郑州，想把他带到哪儿去？’我说：‘阿姨，我只是想帮他闯出来，我们不能啃老，得有自己的事业。’”

“她可能理解成你要跟她抢儿子了。”

“是的。不过我的态度是很好的，从来没敢惹她生气。”

“我觉得你把时间和精力放在自己身上，做什么事都能成功。其实你年龄还小，才二十五岁，一切都刚刚开始，不管工作创业，还是交往异性，都还早。我记得有个朋友讲过一个异性交往的定律，意思大概是这样的，如果你能在五十个异性当中找到你喜欢的人，那么很大概率在另外五十个异性当中也能找到你喜欢的。对于大多数人来说，可能用不着五十个人那么多。而对于另外一些人来说，如果在五十个异性当中都找不到自己适合的，那么很可能就没有适合自己的，总会存在这样那样的问题，导致不能结合在一起。我觉得你过早地把自己绑定在前男友身上了，所以没怎么接触过其他异性，就会像张爱玲在《半生缘》里讲的，‘三年五年就可以是一生一世’。如果你去北京、上海发展的话，不但事业上会有很大的空间，接触到优秀异性的机会也更多。这并不是说要让女孩子们好高骛远，更不是说爱情不需要专一守恒，而是应该正确认识自己，即便对将来没有一个清晰的定位，也该有个努力的方向。现在是他和他们家放弃了你，其实你应该有更大的舞台，将来也能交往到更优秀的异性。”

“国内我最喜欢的城市是上海，如果没有这段感情，可能大学一毕业我就来上海工作了或者考上海的研究生。”

“题外话，你考研的目的是什么？为了更好就业还是……”

“证明自己，证明自己是有能力的。”

“不是为了更高的学历和更好的就业机会？”

“我觉得自己能胜任大多数工作，而且我们学艺术的，没有特别在意学历带来的价值，只是想证明自己。”

“其实工作也能证明自己，如果搞研究或者需要学历另说。

考研、读研，几年时间还是蛮宝贵的，如果面向市场就业或者创业的话，经验积累可能更有效。你在我们的声音课兼职之外，还可以再找找一线城市的正式工作，比如一些互联网大公司，他们需要你这样的技能，美术专业，声音条件好，懂互联网，又什么活儿都能干，执行力很强，他们提供的薪资待遇也更高，更有保障。”

海萍在这次纠结的通话结束后，一直忙于考研，我也不敢多打搅她，直到她再次主动来电。

“没关系，只差两分，说明你跟考上的人能力差不多。”

“包括毕业那次，第三次了，都是差一点点，我不想考了，甚至连调剂都不想，不想去不是自己选择的地方。我还是专心找份工作吧。”

“我觉得可以。”

“珊姐，知道今天为什么给你打电话吗？”

“为什么？你有新男友了？不会是你们又复合了吧？”我想，如果他们复合了，就当我前面什么也没说，后续我也懒得再跟她交流了。

“昨天，我去医院看我妈，她要做个小手术。结果你猜怎么着？她旁边床位是我们当地最大的一个培训机构的女老板，她说前两天一听到我的声音就被吸引住了，后来又问了我妈我的专业、工作经历，然后昨天跟我聊了半天对于互联网教育市场的看法，当即决定给我Offer，做她的助理，暂时负责青少年艺术教育板块的课程规划。你知道，现在艺术教育成了K12的主力课程了，我居然一下子成为她们的管理人员了，而且基本的底薪就是一万元。你知道的，在我们这种山区的地级市，这是很高的薪资，她们培训学校一般人只有五千块的底薪。她说在我们这种小地方人才难得，为了留住我直接给双倍。所以我今天特意打电话告诉你，我学的声音课程，还有这段时间带教学生的经历真的很有用。太感谢你了，珊姐。”

“当然有用，我们的声音课本来就属于互联网教育，只不过目前是针对成年人的，其实对未成年人也是适用的。你现在怎么想，想去吗？”

“还没想好。我跟这位老板说给我一周时间考虑，因为我妈手术后还要住几天院，我要照顾她，最早也要一周后到岗。”

“你妈怎么说？还有你爸呢？”

“他们都随我，没意见。”

“嗯，之前不是说，如果留在当地的话，你父母可以帮你找到当地学校事业编的教师工作吗？否则就去北京、上海这样的一线城市发展。”

“是啊，所以我也想征求你的意见。”

其实，这对我也是很大的考验，要怎么回复她呢？女老板给了她一周时间做决定，我却没有更多时间来思考。不管怎样，还是应该由当事人来决定，我是帮她理理思路就好。

“海萍，首先，这是很重要的一个决定，你可以用这一周的时间对她这个培训机构做进一步的了解，有没有发展前途，经营状态如何？现在很多K12培训机构遇到了危机，不知道她们资金流能撑得住吗？还有，你是做助理而不是授课老师，跟她个人的接触是比较多的，需要了解她的个性，看看能否合得来。最重要的一点，你留在当地，将来会自己创业吗？我觉得你有这个能力，而且以我对你性格的了解，你可能不会满足于做一个培训机构老板的助理。其次，你应聘过一线城市的工作吗？我觉得，这个老板会看上你，其他的也会，你找一份适合自己的工作并不难。老板们是找能干活的人，而不是找对象，他们付出的成本是要得到回报的。从这点上来说，你根本不用担心在一线城市立足的问题。最后，就是自己想生活在什么样的城市，在不同量级的城市，能链接到的资源和人包括异性，都是不一样的。你留在老家，可以照顾父母，这是很大的一个好处，但你生活在一线城市，将来把父母接过来可不可以呢？他们应该也可以接受吧？”

“嗯，珊姐，确实需要好好考虑一下。上次听了你的分析，又经历了这几个月，我现在可以放心地讲，已经从感情的阴影中解脱出来了。而且我彻底想通了，其实我将来想要做什么，想成为一个什么样的人才是最重要的。而且分手之后，我发现很多男性都在向自己靠拢，有的人还悄悄说，之前知道我有对象，所以不敢靠近，上次过节还收到好几束不知道谁送来的花，总之感觉自己走出来之后，一下子就很受欢迎了，在情感上恢复了自信。”

“没错，这才是正常状态，柳暗花明又一村，你之前是一叶障目啊。所以现在这个阶段，工作也好，异性也好，扑面而来的时候更要想清楚，避免再走弯路。一定要先规划，规划好自己的路，再管理这些机会点。”

相比上次通话，这次交流要愉快得多。之后的好多天，我都希望她能尽快告诉我她的决定，然而并没有。当然，我也不会主动去了解，避免对她造成影响，因为该讲的已经讲过了，剩下的必须由她自己独立做出决定。我一直在猜测，她接受了当地培训机构的邀请，还是去了又离开了？或者已经找到其他心仪的工作了？

又过去两个月，公司的小伙伴告诉我，海萍的兼职工作可能不会继续下去了，因为她要全力以赴一份全职工作。紧接着我就接到了她的电话："珊姐，我要来上海了！我要在新天地请你吃饭，早就想好了，一定要在之前看好的那家餐厅请你吃饭。"

"你找到什么样的工作了？"

"你之前电话里提到的那家公司，他们要我了！负责上海的互联网教育行业的云资源销售，当然还有一些别的客户。珊姐，他们说我是唯一没有上海的客户资源，没有相关工作经历的新人。我太开心了，他们说，一听到我的声音就知道，客户肯定会认可我，面试之后更加确信这点。虽然是资历最浅的新员工，跟刚毕业的学生一样的职级，但我已经很满足了，终于跟985大学的研究生处在同一起跑线上了。"

"太好了。这家公司普通员工的待遇就要远远超过一般公司的中层管理人员，所以根本不用担心薪资问题，把工作做好就可以了。"

"珊姐，我后来还是没去那家培训机构。因为我想通了，'不安分'的人一定要有不安分的活法，与其在老家不安分，不如去上海闯一闯。所以我只在网上找上海的工作职位，而且我想着一定要成功了再跟你联系。哈哈，我终于做到了，我今晚做梦都要笑了。"

没错，文章写到这里，我都开始微笑了。真是个开心的故事，我要尽快将她的快乐传递给读者，立刻，赶快，加在这本书里。

雨燕朝阳

雨燕打小生活在辽宁朝阳，她考上大学后，父母就走进了民政局，领了两个红本本，出来时一人拿了一本，各自散了。寒假时雨燕就待在武汉的学校里，因为不知道该回哪个家。她大学四年都过得很忐忑，不知道前途在何方。

母亲是个迷信之人，找和尚给雨燕算过命，说她将来得住在高楼之上，靠水的地方。父亲则嗤之以鼻："骗子，哪个城市没水？"至于高楼不高楼的，没人在意，一时半会儿也没这个实力买别墅，她只要不住在一楼就好。大姨因此指导雨燕报考了这所学校："水最多的城市就是武汉了，名字里都带水。"武汉水多不用讲了，学校还有好几个被称作湖的池塘，另外宿舍在六楼，她还选了上铺，高度也够了。

雨燕的专业是管理学，传说中的"万金油"专业，她也不知道将来能干什么。毕业后，雨燕成功应聘了一家深圳互联网公司。她一路南下，深圳有海，乌泱乌泱的水，住宅楼也够高，一楼要么是店铺，要么架空，那和尚的要求太好满足了。雨燕的岗位是新媒体运营，跟多数大学毕业生一样，只有到岗工作几个月，才真正知道是做什么的。

所谓新媒体，也是个比较宽泛的概念。早年只要不是传统的报纸、广播、电视，就是新媒体，后来呢，门户网站也成为传统媒体了，基于移动互联网的各种应用，比如公众号、音频、短视频、播客，才叫新媒体。至于运营岗位具体做些什么事，每家公司也很不一样。甚至连这家公司的主营业务，雨燕也是入职两个月后才搞清楚的。这家小公司只有几十名员工，却有几百个各大平台的账号，每个账号都有几万、几十万甚至几百万粉丝，然后配套的是数不清的微信群、QQ群。这些账号有的是自己的团队运作的，但大多是收购来的，输出文字、音频、视频，收入以广告为主，同时自己也投放广告。其中有硬广告，也有软广告，所谓软广告，就是通过文字或音视频向读者头脑中渗透各种理念和产品。雨燕对公司的经营模式充满了疑惑，其中有些业务管理层还对普通员工保密，所以对她这样的新员工来说，就越发难以理解。

这么看来，整个公司的业务都可以叫新媒体运营。雨燕她们团队的任务是对接甲方单位的需求，然后交代给公司的投放部门，说白了就是拉业务拉广告。按说销售部门在大多数公司都是关键部门，对外姿态最低，对内姿态高，可这家公司不一样，资源和套路都比较诡异，所以雨燕她们部门是两头受气，员工流动性特别大。而且，公司还有个奇葩的规定，禁止员工讨论自己工作之外的业务，禁止部门之间交流，这是怎么回事呢?

“说实话，你是第五个跟我对接的小伙伴了，你确认能完成今年的业绩指标吗？”有个北京的客户对雨燕说，“其实以你的素质，完全可以做更有挑战性的工作，没觉得部门里的人跟你都不太一样吗？”雨燕当然知道，只是这些东西没法跟外人说，现在终于有人主动提到这一点了。

两个月后，雨燕从深圳来到北京，就职于她这个客户所在的公司——耳语FM，位于城市的东北角——望京。这里属于朝阳区，与家乡重名，雨燕对此有种莫名的好感。

“终于进了一家正儿八经的互联网公司。”雨燕不禁感叹，“找份工作也得小心踩坑。”父母从她考大学时就没怎么管她了，学校和专业自己报，城市自己选，一个出学费，一个出生活费，倒是分得蛮清楚的。毕业找工作时更是没人过问，所以才去了那么一家不靠谱的公司啊。

“你去北京干吗？那里多旱啊。”妈妈在电话里责问道。

“一家网络音频公司，前几年是做有声书和音频网课的，现在做视频课了，我做产品经理。另外，我住的小区外面有条河。”

刚开始，雨燕跟着一位老师开发英语课。这个岗位非常适合她这个应届毕业生。当然，英语课也分很多种，面向K12的，面向成年人的，练口语的，讲语法的，而雨燕对接的老师是讲单词的，从词根词缀出发，讲单词的来源，便于学员记忆。课程看起来简单，但从商业角度想要获得成功却没那么容易。首先是时机，在互联网教育领域，类似的课程，晚几个月上市就会贻误战机。其次是招生，如果平台自己粉丝数量不够的话，就要通过广告或购买流量推广的方式获取学员，所以平台实力和投入也很重要。最后才是老师的个人魅力、课程品质和运营技巧。在这些可变量当中，雨燕能发挥作用的恰恰排在最后。不过由于课程上线较早，这位老师有一定知名度，项目还是取得了成功。水涨船高，团队的小伙伴都取得一些收益，雨燕也因此在公司里站住了脚。

团队里分工明确，除主讲老师、产品经理、运营之外还有公司层面共享的助教、客服、编导人员。雨燕对接的编导是个叫家豪的小伙子，负责拍摄课程的宣传短片，个子不高，长发及肩，平时话又极少，却颇有艺术气质，每天背着一台单反相机到处乱窜。

一天，他们一起去老师家中拍摄，由于老师身体不佳而提前结束。返回公司途中，家豪说道："周末帮我做模特吧，我把今天讲的拍摄思路提前实践一下，我觉得你在镜头里的表现力应该很强。"

"那我讲什么呢？"

"随便，看见什么讲什么。测试嘛，又不是上课。"

结果周末家豪带她去了北海公园，她便客串了一次导游，在家豪镜头前背了一遍公园的讲解词。

"不错，不错，镜头感很强，比业余导游更知性，比专业的更有趣味。看起来你也可以开课了。"家豪夸道。

"还好，没说就像个导游，我可不想做个背词机器人。"

"哪里，哪里，你做导游真是大材小用了。"

之后，家豪没让她再背讲解词，而是把她当作模特，拍了一组游客照。

在五龙亭边，他们发现了一种燕子就叫雨燕，北京雨燕。于是，雨燕终于在二十三岁时第一次见到真正的雨燕。它们飞得那么快，叫得那么响，成群结队的，栖身于古建筑的屋檐下，真是一种奇观。雨燕从此有了心理暗示，原来北京才是自己的福地。

从北海公园东门出来，家豪又带着雨燕去了景山，登高望远之后，依旧从东门出，直奔王府井而去，那边有他预订好的餐厅。

“我怎么觉得，今天你不是来实践拍摄思路的。”雨燕猜到了家豪的真正目的。

“因为你表现得太优秀了，我们的任务在进入北海公园的前十分钟就完成了，所以后面都可以玩了。”

“所以你又带着我逛景山和王府井，下午去哪儿？”

“前门，然后晚上去国家大剧院看演出。”

雨燕笑了，他居然满满当当安排了一整天的活动。此后，公司同事都陆续知道家豪是雨燕的男友了。

英语课老师突然生了场大病，课程不得不中止。

“是不是久病不宣啊？这么突然。”家豪问道。

“现在讲这个有什么用？一下子踩空了，在公司里没位子了。”

雨燕被调到了其他团队，负责一档女性形象课的打磨。这位老师外在形象不错，跟雨燕交流时却很不客气。

“什么原因呢？我没得罪她啊。”雨燕向家豪抱怨。

“可能刚开始不熟吧，也许只是气场不对路。”

“太玄乎了，打工好难啊。”

“怎么办？自己做？做什么？”

问题回答不上来，还是老老实实打工吧。公司内调岗也不是那么简单，雨燕还是硬着头皮跟这位老师打交道。经过一段时间磨合后，她发现对方其实只是说话语气不太好，遇到实际问题还是会妥协合作的。后来经历了一起突发事件后，两人的合作关系居然达到前所未有的高度，老师说话再也不咄咄逼人了，就跟她在镜头前一样和蔼。

事情的经过是这样的：学员进入训练营课程后一般被分成若干班级，在听课之外，学员、助教老师们还会在班级群中组织练习和答疑。某天，有个毕业班的三位学员同时发难，说老师教得不好，助教也不努力，这个瑕疵那个瑕疵提了一大堆，然后要求集体退款。助教和客服只得在群里全力解释，几个小时后，又有几位学员跟着起哄了。主讲老师得知情况后，本想直接进群回应，被雨燕阻止了。

"您别回应。这个班级平时没有出现投诉，三个投诉的学员平时很少参加练习和听直播，有意见不是单独联系客服人员，而是到毕业日挑个整点时间一起在群里闹事，哪有这样的学员？"她根据直觉判断这起事件和课程本身无关，绝不是简单的投诉，而是一起竞争对手有预谋的卧底活动，目的就是打击雨燕她们的课程及所在平台。

"这三个人什么来头？"

"还不知道，正在溯源。"

雨燕通过负责运营的同事很快就查到，这三个人报名上课的渠道相同，昨天刚刚"狙击"耳语FM的另外一档教如何制作短视频的课程。她们报了好几个课，一进群就四处添加群内其他学员为好友，约定好毕业时通过集体投诉的方式拿到退款。有些学员觉得参加她们组织的"活动"可以免费学课，于是就跟着一起闹。雨燕和同事们商量后决定，先将这三个人从耳语FM的所有学习群中移除，然后再安排客服一一单独“谈判”，很快就稳定了群内的秩序。

“怎么处理她们？总不能吃个大亏吧？”主讲老师问道。

雨燕解释道：“报名的学员不是实名的，这种事情又无法报警解决。她们是有预谋的，早就规避了风险，找到了网络知识付费课程的弱点，以工商投诉作为要挟。”

“那也不能说一有投诉就是商家的错吧？”

“当然不会。可是这么多投诉集中在一起，怎么解释得清楚呢？好比一家企业短时间内发生了许多劳务仲裁或者法律纠纷，就算一点儿过错都没有，也会把其他客户、合作伙伴吓跑。”

“对方是哪家竞争对手都不知道，所以只能吃哑巴亏？”

“也不是，我们跟踪观察，对方总会露出马脚来的。”

雨燕没想到，整个事件的处理过程中，最泰然自若的就数自己了。会处理麻烦事是个非常讨领导喜欢的能力，公司又将两档新课交给雨燕，之后她顺理成章地做起了团队负责人。

家豪评价道：“你成熟了。”

“会不会说话？听起来像是我老了十岁。”

“不是这个意思，说的是你处理问题的能力变强了，业务上成熟了。”

“总之听起来不像好话。”

“好吧，换个说法，你太厉害了！”

不过雨燕还是能感受到自己的进步的，她对于知识付费课程的理解比之前深入得多。经过多个项目的洗礼，策划课程、投流、转化、运营，一个个流程都经历过了，甚至连家豪负责的短视频拍摄也会了。

“呵呵，不就是用单反相机拍摄吗？蛮简单的嘛。”

“基础功能很简单，但真正要拍好没那么简单。”

“说实话，老师在镜头前的发挥最重要了，有的人一出镜就紧张，有的老师只要面对镜头就滔滔不绝。你说的分辨率、光线、背景，还有什么网感啊，全都不如当事人的状态重要。”

“你说得不错，跟拍电影一样，好演员当然比好的摄影师重要得多。”家豪附和着，内心却很受打击。

“我觉得你可以去学学投放，这个更重要，反正摄影的工作我们都会了。”

“投放？这个要花好多钱，一个好的投手是在实战中练成的，都是用公司的钱堆出来的经验。”

“我有个想法，我们可以做个自己的账号，试着花点儿钱练练手。”

“嗯，做个课程还是自媒体？”

“先做个自媒体吧，课程的话，讲什么都不够成熟，我又不是‘大咖’，没有卖点。”

于是俩人真的开始做自媒体，公众号、视频号、抖音、快手等，多管齐下，家豪负责账号申请、认证、开通各种功能，以及短视频制作，雨燕负责内容和直播。刚开始的内容无非是好吃好玩的，积累粉丝而已，家豪偶尔投上一百、两百元的广告费拉流量。但是作为行业从业人员，怎么能够忍受这么慢的涨粉速度呢？这点儿粉丝量也没法带货。

他们私下请教了一位业内的优秀投手，讨论了KOL、KOC等一系列名词，然后参照某些“网红”的套路拍了一组视频，一口气投进去三万元广告费。结果事与愿违，浏览量当然是上来了，却没增加多少有效粉丝。

“三万块，好几个月的房租啊。”雨燕心疼了，他们开始反思。

“我们被平台骗了，给了一些垃圾流量。”

“会不会是用户画像选得不对？”

“该选的条件都勾选了，再苛刻一点儿，流量就投不出来了。”

“为什么别人投就是有效的，我们投就不行？”

“算法太不透明了，我们玩不过平台。所谓优秀的‘投手’，都是用他所在平台的资源练出来的。这个跟股票、基金是一样的啊，吃过亏，上过当才会进步。”

“感觉就像一场‘捕鱼达人’的游戏。刚开始让你尝点儿甜头，后面倍数高了，就哗啦啦地往里赔钱。我们投不起。”

“算是交学费了，还好只是三万块。多投几次，房子的首付款就没了。”

“三万块对平台来说只是很小的单次收入，而对我们来说很不少了。现在还没有任何收益，就花了那么些钱。看来这个游戏我们玩不起。”

“雨燕，我觉得，我们的思路有点儿问题。”

“不早说。”

“我也是刚刚想到的。你刚才说，我们没有任何收益，这个就是最大的问题，我们没有自己的产品，只是想弄点儿花里胡哨的东西吸引粉丝，然后带货，这个方式可能不适合我们。”

“你的意思是，我们还是要做课？”

“没错，而且我想到了可以做什么课。你可以讲讲怎么做互联网运营，这个我们都有经验。”

“我们自己都没赚到钱，去教别人怎么赚钱？”

“不是这个意思。我们不用教别人怎么赚钱，怎么做投手，而是告诉大家怎么选择专业方向，怎么开发课程，网课跟线下课的区别，怎么拍短视频，把我们擅长的东西讲清楚就好了。”

“放在哪里销售呢？”

“公司平台上啊，就在耳语FM上销售。我们老板心态最好了，他应该不会认为讲这些是泄密，业内都这么做，只是没人做成课讲出来而已。他不是鼓励员工创业嘛，我们可以跟他谈谈，就做内部项目孵化。”

“明白了，做一档如何做课的课。哈哈。”

“是有点儿绕，课程的成功，跟内容的成功是绑在一起的。不过我觉得课程的内容是建立在之前你们成功打磨的几个项目基础之上的，逻辑上没有什么问题。”

雨燕跟老板谈得不错。老板将她这个课程当作内部孵化的一号项目来对待：“早有这个想法，就是不知道我们员工当中，谁有这个勇气来讲课。你愿意挑战自己，挺好。而且这个选题超出我的想象，我觉得没问题，可以讲。如果运作得好，我们就成立一个互联网教育的孵化器，你们将来可以自己成立实体公司，公司占一小点儿股权就好。”

有公司的支持，另外有家豪这个摄影师在家中陪着打磨和录制，课程的视觉效果相当好，雨燕的项目一炮而红，居然也成了公司的明星课程。耳语FM从此开始培养自己的员工作为讲师，这样还可以节约不少成本，沟通协调也更加方便。

“这两年，我们的事业就以你为中心吧。”家豪对雨燕说。

“谢谢！希望这样顺风顺水的日子能够一直延续下去。”

这时，她接到父亲的一个电话：“今年就回家过年吧，从北京到家也近。还有，你妈也搬回来住了。”

“啊，原来我大姨说的是真的，你们复婚了？”

“跟你妈商量了一下，你上次提到的那个顺义什么河边的房子，我们可以支援一些做首付。”

“潮白河。”

“哦，潮白河。二手房没关系，房子小也没关系，附近有地铁站是吧？”

“有的。”

“嗯，你看好就行。还有，如果可以的话，你那个男朋友，一起带回来看看。房子都买了，人要见见。”

“杀猪盘”

有个朋友常常吐槽自己的老公，说他太不上进：“工作十几年了，还是个基层员工，当年追我的人当中数他最没出息，不知道为什么单单选中了他，还误以为他是个潜力股，我不得不怀疑自己的判断力。当初是被他的殷勤和诚恳感动……现在我发现他浑身是缺点，家务活不勤快，对孩子也不太上心，总之，一点儿感觉都没了……”她吐槽的次数多了，就会提到离婚的话题，“唉，经常想到离婚这个选项，可下不了决心，毕竟有孩子，生活还算稳定。可是，有时候真的很难忍啊。比如今天下午，我妈要来上海中山医院看病那件事，让他找老同学帮个忙还叽叽歪歪……”

前几个月，她又透露出点儿小变化，有个在企业家群里认识的网友在疯狂地追求她。对方是个创业者，同样对家庭生活不满意，所以有不少共同话题。“他比我老公有情趣多了，从逛街吃饭这些小事上就能看得出来，我们只要有时间，一聊能聊几个小时……”

过了段时间，我发现她不太提到那位网友了，便猜想两人可能淡了，随便问了一句，不想她叹了一口气道：“现在正不知道怎么办好呢，他约我越来越频繁，好像他老婆从来都不管他似的，随时有时间，而我从家里出来要找各种借口，有的时候只能逃班了……”

“啊？”我不禁大吃一惊，他们竟然发展到这个程度了。

最近她又提到一件烦心事，希望我能帮忙，那就是借一笔钱给她。问及这笔钱的用途时，她才吞吞吐吐讲出了情况：她这位网友在企业运营上遇到了困难，所以一个月都没心思搭理她，她忍受不了对方的冷淡，就主动去找他。这才了解他说的运营困难主要就是缺资金周转，所以她想帮他解决这个难题……

我头脑中立即闪过一些网上的案例，于是追问了她很多问题。她被我问得心里直发毛，渐渐地自己也产生了怀疑。我告诉她，初步判断这个网友不正常，千万不能掏钱，更不能向家人、朋友、银行借钱。

她及时“刹住车”之后，对方先是着急，然后继续哄她，哄骗无果后开始威胁要暴露他们之间的关系。她终于意识到自己被骗了，急得大哭，我安慰她道：“没关系，幸好你没有把钱借给他。”

“怎么办？要是我老公知道了怎么办？”

“你不用管他，把所有的聊天记录和相关证据保护好，告诉他，他敢公布你们之间的隐私，就报警。”

一段时间后，那个网友不再联系她了，而且什么事也没发生。她的生活终于风平浪静，再往后，很少听她抱怨自己的老公了，她只偶尔提了一句：“就像现在上班一样，总觉得手上的杂事太多，烦都烦死了，赚钱不多又毫无意义。可是跟我表妹那份工作一比，又觉得还能忍受。唉，人生就是这样，不是比谁更好，而是比谁更烂。"

婚姻不只包含爱情，这是一个常识，可惜多数人不能面对这个常识，也无法宽容婚姻和爱情的偏移。据说这个世界上有八成女性对自己的情感归宿不满意，中年女性在婚内突然遇到新的追求者，一定要提高警惕。爱情都是荷尔蒙诱发的，总有不少中年人相信自己的荷尔蒙水平能和十几二十岁的小姑娘、小伙子相媲美，因为总有成功案例啊。小概率事件被普遍认可之后，就会带来悲剧，因为对方看中的，恰恰是其他东西，比如说钱。如果一个人没有钱，那么被骗的概率会大大降低。

最近有则新闻说，一个仅有初中文凭的男子连骗了十二名女子，其中还有某互联网大公司的女员工损失了五百多万元，之所以损失这么大，是因为该男子和她发展成了男女朋友关系，获取了足够的信任。这样的事其实年年有，人们都见怪不怪了，差异在于骗子的手段不断翻新，被害人的背景各不相同，这次是互联网大公司员工的收入吸引了大家。

有个网络热词把这种骗局称作"杀猪盘"。"杀猪盘"的故事女主角通常有一定经济基础而缺少爱，骗子把这样的猎物称作"猪"。"杀猪"之前，骗子通常把自己包装成事业有成的企业家或者激情创业者，然后开始"养猪"。"养猪"就是培养感情骗取信任，让对方在感情和金钱上都尝到一点儿甜头。"养猪"都是有套路的，在网上都能查到：如果她涉世未深，就带她看遍世间繁华；如果她历经沧桑，就带她去坐旋转木马……总之，采用所有让人产生信任的招数甚至PUA（Pick-up Artist，原义搭讪艺术家，后指情感操控），最终让受害人乖乖地、主动地把钱掏出来，从而完成“杀猪”的过程。

类似的骗局在网上被曝光了千万次，然而受骗者依旧前赴后继，犹如飞蛾扑火。什么原因呢？

骗子之所以成功，就是因为他的表现总能超出被骗人的认知。

怎样才能不被骗呢？最简单的办法就是让自己变“俗”，因为大部分的“俗”就是常识。每一次遭遇情感波澜，都可以问问自己，他为什么喜欢我？是因为我漂亮？是因为我的钱？还是像他说的那样，因为我“人好”？三个要素中，“人好”是最主观的，因而也是最不可靠的。漂亮其次，不妨给自己泼一瓢冷水吧，都三四十岁了，容貌上的竞争力开始下降了，即便“风韵犹存”，对方有这个欣赏水平吗？最重要的还是钱，因为它最客观，最忠诚。人会老，心会变，只有钱能给你始终如一的生活保障，饿了可以买吃喝，冷了可以买衣裤，病了可以买药，还能购房遮风雨，赡养老人，抚养子女。请问，世上还有什么东西比钱更忠诚？所以，千万别把最忠诚于你的东西轻易借给别人。

不要怪人们太俗。如果虎狼不吃牛羊，牛羊何必奔跑如闪电呢？如果人间没有谎言，人们成长过程中为何会失去纯真呢？如果不是病毒肆虐，人们为何要打疫苗呢？如果不是人心险恶，谁愿意练就一身防骗本领呢？

如果不想变俗，也有一个办法，那就是离开俗的环境，不要和俗人交往。要做到这点并不容易，因为我们生活的环境中多数是俗人。骗子冒充官员、学者、有钱人，之所以大获成功，还是因为受骗人没有官员的历练、学者的知识、有钱人的视野。假使他有，一定不会上当受骗。因此，不想变俗的唯一办法是让自己变得有权势、渊博和富足，这恰恰是最难的一条路。

可见，这个世界多么荒诞和现实，普通人要么很傻很天真，要么就很俗。夹缝当中，只剩下一条窄窄的小路，不用变得很俗，也可以避免被“杀猪”，而且比升官发财容易，那就是主动学习，让自己成为生活的“博学”者。

桃花朵朵开

“这个季度的团建活动是去南汇看桃花。”行政人事部部长老韩宣布道。

“桃花有什么好看的？搭地铁去呢，还是说共享单车就搞定了啊？太抠门了吧。”IT男们纷纷抱怨。

“小心给老板听见。”老韩向大家摇了摇手，示意大家小声点儿，“集体活动，当然包车去。”

“又不去无锡看樱花，这么近还坐大巴，一点儿感觉都没有。还不如开车的开车，打车的打车。”销售部的小马再次抗议道。

“当是家庭出游啊？我们是团建，要一起坐车，一起吃饭，一起活动。”然后他再次压低音量，“要是去无锡，我们职能部门就要留在公司守着。小马，你想不想让丽莎一起参加活动啊？”

“丽莎也去？”于是又一阵骚动，动静比刚才还大，再也没人提意见了。

丽莎刚加入公司不久，她先在前台待了两周，然后被调回办公室做人事工作，负责员工的社保、公积金缴纳。丽莎是读了一本前微软中国区女总裁的书才决定接受前台这个职位的。这位女总裁原本只是个中专毕业的护士，后来辞职进入IT行业，从前台做到中国区总裁。丽莎知道自己的起点并不比她高，自己虽然读了个专科，但高职的文秘专业远不如20世纪80年代的中专含金量高，所以她能接受在这个小公司做前台。

不过丽莎实在是太漂亮了，每天都有好事者前来“参观”，长此以往怕是要惹出事来。老板便让老韩将丽莎挪到里面的办公室去。她的座位跟财务在一起，对于外人来说，这个房间非请勿入，比老板的办公室还难进。

刚才说的是外人，但对于内部员工来说，几十人的小公司，大家朝夕相处，接触丽莎的机会总是有的。不过老板事业心很重，老韩是个顾家的人，其他几位部门经理要么整天往外跑，要么是女性，所以一线员工才有机会靠近她。比如说午饭时间，上下班途中，还有进来递交报销单据时，有事没事都可以找理由跟她闲聊几句，胆大的就问：“你鼻子怎么这么高？”“睫毛这么长，是不是有少数民族基因？”“你好白啊……”“身材真好……饿了没？中午可以请你吃饭吗？”小马便是其中之一，大家年龄差距不大嘛。

除了小马，还有两位做开发的工程师也喜欢丽莎。这里所说的“喜欢”不只是喜欢，按说大家都喜欢丽莎，不过胆子够大，敢于毛遂自荐的人并不多。有些技术人员天生内敛，又自惭形秽，当然是不敢上前的。小马的竞争对手一位叫陶勇，负责GPS等硬件模块的集成；另一位叫吴磊，做室内地图。他们都很年轻，但深得老板器重。

前往南汇的大巴上，小马抢到了丽莎旁边的座位。陶勇和吴磊的心里都咯噔一下，幸好这段路并不长，他们交谈时间有限。

小马胆子虽大，但和丽莎谈论的话题都很一般，近乎同事间的日常聊天。这也没办法，车上这么些人，他能说什么呢?

陶勇是位摄影爱好者，典型的“设备控”，公司里大小活动都是他负责拍照，他带了单反相机，因而很自然地要帮丽莎多拍一些照片。不过也有些顾忌，作为摄影师，如果冷落了其他同事，特别是女同事，也会被诟病的。丽莎自己也非常谨慎，避免更多地使用这项资源让人心生嫉妒。以她为模特拍出来的照片质量比其他同事要高出一个层级，陶勇费了好多心思呢，将PS的功夫都用在她身上了。如此一来，他们通过照片也能联络几个回合。

吴磊性格最为内敛，他个子不高，当然也不胖，说得好听点儿是短小精悍。按说他在恋爱这种事情上很难为自己找到机会，不过这不妨碍他也喜欢丽莎。在大巴上他眼睁睁瞅着小马坐在丽莎旁边。春日暖阳透过车窗玻璃照在丽莎的左脸上，耳朵通红透亮，她身上的白毛衣格外炫目，这种色彩组合很容易激发荷尔蒙。她对小马每说一句话，吴磊的心就痛一次。他与他们只隔了两排座椅，一直保持着沉默。沉默和旁观也有力量，丽莎在车上、在做“摄影模特”时，总感觉有一道冷峻的目光时不时地击中自己。她见惯了各种色眯眯的眼神，都是贪婪地在她身体的各个部位扫视，而这道目光完全不同，只找机会与她对视，冷峻而有力量。每次的不期而遇，她都觉得凉飕飕的，像是心底的倒春寒，让她想起一些年少往事。丽莎的细微表情变化，别人发现不了，却足以引起“摄影师”的关注。

午餐安排在一个规模颇大的农家大院，能接待数百人同时用餐，这里古色古香的亭台楼阁众多，不仅能吃农家菜，还能体验采摘乐趣，甚至还有客栈、度假别墅。等待期间，大家都去园子里参观。

“早知道这里也有桃花，我们干吗还买门票去什么桃园啊？”老韩感叹道。

“有草莓，还可以采摘呢。”丽莎附和。

“饿了吧？”有人递上一包小青豆，轻声细语地问道。丽莎接了过来，转头一看是吴磊，她没想到是他。看得出来这是公司茶水间里常备的零食，丽莎之前采购的，因为自己也爱吃。吴磊微笑着，上午的那股冷峻一扫而空。不知为什么，丽莎特别感激他的这种表情变化，像是前夜的冰霜被阳光瞬时融化，转变来得特别快。

“挺好的，同样有花有湖。要是去无锡，这会儿还堵在路上呢。”吴磊总得说上几句，否则那包青豆就过于唐突。

“没错。我们部门不能出上海。”

……

还好，算不得尬聊，随后的餐桌边他们比邻而坐。

南汇桃花节过后，丽莎的感情正式进入“三国时代”。小马热情奔放，可惜做事不算太靠谱；陶勇沉稳有余而激情不足；吴磊寡言少语，阴郁中不乏决断力。唉，丽莎真不知道该选谁好，当下还处于被追求阶段，恋爱前期，不必有太多道德负担。这是女孩们最美好的时光，尽可享受对方的优秀之处，而不用顾忌太多缺点。早上的鲜花谁送的？午餐该跟谁吃？下班怎么回家？每天都堆满了幸福的烦恼。

年轻男人就跟狮子一样冲动，很容易因为争夺伴侣而情绪失控，所以他们很快就发生了冲突。冲突的理由很简单也很零散，一般来说就是约会时间冲突，或者自己传递的信息被竞争对手屏蔽了。丽莎忙于居中调停，她那“逆风飞扬”的梦被暂时搁置了。

有人警告她，得尽快做出选择，她也开始思考这个问题。可事情的发展很快超出了想象。有天她刚从社保局出来，就接到老韩的电话，说是老板找她。

“老板找我？什么事啊？”丽莎有一种不祥的预感。

“嗨，他们三个在办公室打起来了。”

“他们三个？”

“唉，还能是哪三个啊？快回来吧。”老韩急切地说道。

丽莎当然知道是哪三个，她只是觉得奇怪，按说冲突都是两方对垒，这三方怎么打？两个打一个？不太像，他们相互看不上，绝不会有两人团结在一起。难道是一个循环？A打B，B打C，C再打A，还是两两对打？简直就是排列组合题嘛。他们可千万别打伤了对方……回公司的路上，她脑子乱乱的，想的都是这些。

进公司后，整个办公区竟然鸦雀无声，他们三人也都在自己工位上埋头工作，仿佛大家都在紧张考试，没人有空抬头看她。

老韩领着丽莎进了老板办公室。不等她开口，老板三句话就把事情解决了。

一个小时后，丽莎捧着一个A4打印纸的纸盒子走出了公司。她同时收到了三条信息，发送信息的人不同，但内容都一样：“楼下大厅等我，我送你。”

丽莎谁也没等，自己打车回家了。

“凭什么让你主动辞职？”后来她被问了三遍。

“否则被开除的就是你们三个。”她回答了三遍。

离开这家公司对于丽莎是个沉重的打击，几天后她才醒悟过来，这么处理不等于说她是“红颜祸水”吗？你看，打架的人一个也没开除，偏偏被赶走的是自己。可是她还能怎么办呢？提起劳动仲裁？那他们三个就会被开除，理由倒是很充分。

丽莎背了锅，莫名其妙地承受了全部损失，仍然有女同事继续落井下石：“谁叫她搞多角恋爱啊，把公司搞得乌烟瘴气。这里又不是电影院，整天看你们几个卿卿我我，你侬我侬，多影响工作啊。”

幸好上海比较大，她还不至于因此而找不着工作，大不了不进这个圈子。果然是“我的成功不可以复制”，她告别了“逆风飞扬”的梦，来到了生物医药圈。

面试官是位儒雅的中年人，他没有问丽莎为什么离开前一家公司之类的话，但想听听她对人生的规划。

“我的专业起点不高，家庭条件一般，所以还是先把本职工作做好。我觉得行政工作和公司的技术背景关联不大，在上一家公司能做，在这里也能做。如果说发展方向的话，我也说不好，也许可以往销售方面转吧。在一家公司待久了，产品总会熟悉的。”

“有没有考虑过直接从销售开始做起呢？”

“啊？可是我没有经验，当然，给机会的话，我当然愿意。”

“嗯，也不是说一开始就让你自己背销售任务。现在有个销售助理的职位，严格地说是销售管理，帮助部门主管做好销售考核、资料管理，同事不在公司时帮下订单之类，压力比行政部大一些，待遇差不多，但后续可以转做真正的销售。你有兴趣吗？”

“没问题。”丽莎急于获得这份工作来证明自己，毫不犹豫地接受了。

生物圈的氛围要缓和许多。这里说的缓和体现在好些方面，比如竞争压力、工作节奏、人际关系等。生物圈还有个特点是平均学历很高，越是如此，大家越不把学历当回事。特别是在销售体系，谁还管你是什么学历呢？丽莎在IT公司总觉得自己是处于底层的“小白”，然而在生物圈并没有这样的感受。她甚至开始阅读生物专业书籍，给自己定下规矩，白天听来的名词，晚上一定要搞明白。

生物圈从业者的情感也比IT圈来得缓慢而绵长。公司里来了绝色女子，众男生还装作若无其事的样子，不像上家公司的男人那么猴急。当然，这可能和性别比有关，生物公司员工的性别比基本上是一比一，IT圈大约二比八，而时尚圈的性别比则为七比三，剩下的三成也大多不是直男。

IT男情感热烈，可消退得也快。丽莎离开公司两个月了，小马只来楼下喝过一次咖啡，因为他老出差。按说两家公司都在张江，相隔数千米而已，可IT男们就是习惯网上联络，陶勇给她发过很多信息，却不再上下班接送她了。只有吴磊还常来，但腼腆了很多，给人一种偷偷摸摸的感觉。丽莎很纳闷儿，难道这样也怕丢工作？看来他们的情感“游戏”只能在公司平台下进行，放在整个城市的大背景下就黯然失色了？她不免有点儿生气，算了，还好一切都没正式开始。

不等她做出反应，新公司的男生们也开始行动了。部门有个海归硕士叫何裕，年龄大她几岁，近水楼台先得月，这段时间不出差，每天中午都约她去周边餐厅吃饭。一段时间下来，周边的黑暗料理也尝遍了，他们越走越远，关系也越来越近。

“你那男朋友这两天没来？”何裕试探道。

“不是男朋友。不来就别来了，反正也没话说。”丽莎一脸的无所谓。

“哦，之前话题很多？”

“现在回想起来，都是公司的事，现在不做同事了，连话都没了。你说还有必要在一起吗？”

“还好我们谈的都不是工作上的事。”

“我们？哈哈，为什么这样类比？”

“不觉得我们在一起更加合适吗？”何裕终于鼓起勇气说出了这句话。

“你胆儿挺肥哈。”丽莎没想到他会这么说，一时不知道怎么回答，笑了，有点儿害羞，又有点儿得意。

“嗯，你来公司都几个月了。我这么说不算太早吧？”说着何裕就牵上了丽莎的手。丽莎也没拒绝，她觉得这进度放在当下一点儿也不算快。

丽莎认为自己应该吸取之前的教训，处理事情要果断些，于是她拒绝了吴磊的下一次预约，告诉他不用再来找自己了，还是像其他同事一样把心思都放在工作上比较好。做完这个决定后，丽莎轻松了很多，仿佛跟过去做了切割，而且一句话定性了三个人，她觉得挺爽。她甚至认为吴磊也会感到轻松，半死不活地勾连在一起，到底算爱还是算责任啊？倒不如卸下包袱来。以现在的情形，真的很难想象几个月前他们还为了她打架。想到这里，她又觉得好笑。唉，真像别人说的那样："青春啊，就是一笔糊涂账。"

这时的丽莎已经正式转到了销售岗，有自己独立的片区和任务。她负责本市的几家三甲医院，其中有的已经跟公司建立了合作关系，加之常有仰慕者前来帮忙，所以她销售生涯的起步并不十分费力。

雄性天生具备竞争性，何裕出手之后，好几位同事也蠢蠢欲动。生物公司虽然女性多，不过多数都是戴着大眼镜的实验员形象，丽莎颜值明显超出一大截，平时说话也更有意思。所以她周边很快又聚拢了一些异性，与此同时，跟上家公司一样，没有女性愿意跟她交朋友。

吸取了上次的教训，丽莎开始分类管理这些追求者。何裕独一档，他最优秀吗？应该也不算，大概是先入为主吧。备胎也是需要的，但严格限制距离，不轻易让对方有献殷勤的机会，更不能让对方觉得自己具有某种"权利"。至于其他仰慕者，她顶多给个笑脸而已。对追求者进行线性排序后，丽莎再也不担心他们会打起来了，甚至对自己的管理能力有了一丝丝自豪感。她的销售业绩也不错，这个季度排名部门第一。同事们都说"众人拾柴火焰高"，领导、同事和客户都给力，想不火都不行。

得到特殊待遇的何裕一点儿都不犹豫，他显然比其他竞争者更有经验，动作很快，一鼓作气，牵手丽莎后不到一个月就说服她同居了。对于丽莎来说，这是她的第一次同居生活，新鲜而又惶恐，激动而又幸福。她在家中开始体验女主人的生活，购置家居物品、买菜、做饭……

她还学古人的样子将头发盘起在头顶，表示名花有主了。此举引来一片惊讶声，大家都说新发型好看，女性同事们觉得她更有亲和力了，而异性仰慕者除赞美其发型之外，还纷纷扼腕叹息。

唯一表示反对的是吴磊，他发信息来说，早上在地铁上看见她了，不过这样子看起来大了五岁，甚至十岁。

丽莎很不高兴他的表态，回信息责问道："哦？你今天喝醋了吗？"

吴磊答道："没。只是觉得，你们是不是太快了一点儿？"

"什么太快？又没结婚。"

"你这发型跟中年妇女有什么区别？"

"你！怎么用词的？"丽莎更生气了，得不到就要毁灭？吴磊凭什么贬低自己？

"没别的意思，我是说你可能还不了解他。去年我们为你打架，也只是牵牵手而已。他为你做了什么？"

嫉妒，一定是嫉妒。丽莎相当不开心吴磊这么讲话，不过她还是忍住了，说："这么聊天，不合适了。突然拿什么发型说事，以后别联系我了。"

"只是隐约觉得，这么快，有点儿不对劲，怕是有诈。"

诅咒，明明是诅咒。丽莎要炸了，她立即将信息全部删除，并将吴磊拉黑。

第二天下午，HR主管就是之前的面试官，满脸沉重地来找丽莎，告诉她有客来访，就在会议室等着，而此前他已经陪客人谈了近一个小时。

什么人会烦扰HR大驾，丽莎感到此事非比寻常。

进了会议室，她看到一位跟自己年龄相仿的女子，典型的生物实验室女研究生。

此人就是何裕之前隐约提到的前女友。然而人家说自己是正在进行时的正牌女友，在国外留学，听到风声后星夜回国，来不及倒时差就直奔公司而来。

何裕人呢？HR说联系过他了，临时出差，已经逃出上海了。

两个女人该谈什么呢？丽莎脑子一片空白。对方却思维缜密，目标明确，要“拿回属于自己的东西”。她又讲了一个小时，丽莎什么都没记住，除了前面这句话。还好，没有动武，甚至没有吵架，也没人流泪。丽莎不记得对方什么时候离开的，她坐在位子上发呆，直到夜幕降临，大家都下班了，最后HR进来问了她一句：“没事吧？”

她回过神来：“哦，我这就走。”

第二天，丽莎又一次离职了。

半只烤鸭

“外婆，慢点儿吃。”

“好。”

“外婆，先别吃烧饼了。等下都吃饱了怎么吃烤鸭啊？”

“这个好吃。”

“哎呀，我们是来吃烤鸭的呀。点心和菜是套餐里送的，都是现成的不用做，所以上菜快。”

老太太听了外孙女的话，放下烧饼，却又开始舀汤，吃起了酥肉。

女孩叫服务员：“您好，我们那个烤鸭能不能快点儿？我外婆都快吃饱了，烤鸭还没上。”

服务员捏着领夹上的麦克风呼叫内厨：“6号桌，6号桌的烤鸭先上。”

小推车过来了，上面有一只金灿灿的烤鸭。厨师戴着口罩，戴着高高的白帽子，在一旁认真地给烤鸭片皮。其间，老太太又快速地把另一个烧饼也吃了。

女孩说：“外婆啊，我们是来享受的，干吗吃那么快啊？慢一点儿啊，别给人看见笑话我们。”本来是没人关注的，这么一说，旁桌的人就听到了。

烤鸭被端上来了，还有鸭饼和两份小料。

老太太问："你们的鸭子怎么没鸭头没鸭脚，也没翅膀的啊？"

服务生回答："哦，阿姨，烤鸭呢主要是吃鸭皮。"

老太太又问："半只烤鸭，应该有一个鸭爪和一个鸭翅膀啊。"

服务生回答："阿姨，那您先吃着，我让师傅做鸭汤时把鸭头、鸭腿、鸭翅膀都给您放进去啊，但鸭掌是没有的。"

服务生离开后，老太太对面的年轻女孩着急地说道："外婆，不是讲好了吗？这次出来玩，什么都不用操心，你就负责吃和看。所有要跟别人交涉的地方，都让我来。你普通话又不好，等下人家听不懂，又要误会了。"

老太太说："这家店不对啊，半只鸭子，就应该有鸭脚、鸭翅膀啊。"

女孩说："唉，别管了，鸭头、鸭脚不好吃。我们还是留着肚子给最好吃的部位啊。"

老太太说："这家店没什么人，不如昨天那家热闹。"

女孩说："这里环境好啊，一个隔断一个隔断的，都是沙发座椅，你当然看不到很多人啊。"

老太太说："我们两个人，不要坐什么包厢，昨天的小吃店就很好啊。"

女孩说："不是包厢，是隔断。这里有空调，楼层也高，安静，在这里才能吃到正宗的烤鸭啊。"

……

这是位于北京三环内的某知名连锁餐厅。环境相当优美，窗外是园林，室内冷气很足，装修典雅大方，灯光一点儿也不乱，只照在餐桌的中央。这里用餐的情侣偏多，夹菜的时候，顶灯唰地照在脸上。

这位年轻女孩叫子涵，独生女的独生女，外婆遗传给了她一个明显的性格特征——倔强。

当年，外婆拒绝了父母为自己安排的婚姻，偷了家里的户口本，倔强地嫁给了作为乡下人的外公，因而被扫地出门。不过这也没什么，当时多数家庭都一贫如洗，家里少她一张嘴也不见得就能吃饱，她离开这个家也不见得会饿死。相反，他们凭着高中文凭和一身力气，在上山下乡运动中成为标杆，后来被分配在那个乡镇的供销社工作，日子过得红红火火。

子涵看过外婆年轻时候的照片，总是扎俩小辫，那辫子像是会飞的燕子，在耳朵根边翘起来。

“怎么做到的？”子涵模仿了很多次，也没能成功。妈妈也不知道，子涵只好去央求外婆亲自教她。

“会很疼的，还是不要扎了。”外婆道。

“不，我不怕疼。”

外婆找来一捆橡皮筋，以及一排黑色钢丝发卡。原来不只是扎辫子，还得将头上所有头发层层叠叠地码起来，一点点从根部将辫子拉高。原来只是在照片里看上去像飞起来的燕子，如果从背后看过去，就像扎的黑色稻草人一般，美感顿无。

“没劲，太疼了，头发要扯掉了。”子涵喊道。

“照过相后，就赶紧放下来啊。”

“我才不要拍照呢，妈妈总是把照片存在电脑里，也不打印挂起来。”

“我带你去照相馆拍。”

子涵上大学后，将自己和外婆小时候的照片扫描下来，拼在一起发在朋友圈和微博上，叫作“祖孙辫子秀”，阅读量和点赞数都不少。

妈妈看了很不高兴：“为什么没有我？”

“你又不会扎这种辫子！”

“你们现在扎这种辫子叫时尚复古，我们当年扎这种辫子就很土啊。”

子涵的妈妈出生在20世纪70年代末，当时提倡一对夫妇只生一个孩子，碰巧成了第一批独生子女。供销社的职工子女，是镇上最有优越感的孩子，何况她还有个城里的外婆呢。所以她从小就很骄傲，这种骄傲长大后又成了倔强。

初中毕业时，父母想让她报考师专，将来留在老家陪伴自己：“早早地上班，当个小学老师，多好啊。”而她坚持要上高中考大学，并且在三年后实现了这个愿望，考上了市里的师范学院，毕业后成为一名中学老师。从父母期待的乡镇小学教师到县城的中学教师，也算是倔强的她获得的主要成果。

不过，一直想成为“山沟沟里飞出的金凤凰”的她，对这个结果还是不满意的，每次看到从大城市回来的同学们，总是有种自卑感，就会对当年的高考成绩耿耿于怀，“假如多考几分就出省了”。在婚姻方面，她不如子涵的外婆叛逆，老老实实地找了个同事结婚。子涵爸爸性格温和，这样的家庭组合能确保“一般意义上的幸福”。这个“一般意义上的幸福”是子涵妈妈自创的说法，大概的意思是：“我们的生活没你们说的那么安逸，算过得去吧。而且，我想象的幸福比你们定义的要美好得多。”

中学教师之家经济拮据，对孩子教育却是极好的。说什么基因传承，都不如家风、学风来得直接，况且家里守着两个科目的“家教老师”，可以一题一题地教，完美应对高考。子涵就是在这样的家庭环境下成长起来的，直到考上了北京一所财经类大学，实现了妈妈的夙愿。

说子涵倔强，指的是她在专业选择上和妈妈的意见相左。外婆和爸爸都比较“开明”，对子涵没什么建议，她想学什么就学什么，而妈妈强烈建议她要么学医，要么学法律，可子涵偏偏选了市场营销。

“什么？你要去卖东西？不会是在学校里练习卖袜子吧？”妈妈想起自己上大学时，有些同学所谓的勤工俭学就是兜售各种小物件。

“想哪里去了？”

这时只有外婆站出来为她说话：“涵涵从小就有主意，学什么都差不了，大学里能开的专业，怎么会有问题呢？还怕找不到工作啊。我们当年的供销社，不就是面对农村市场的供应和销售嘛，涵涵从小就喜欢听我讲供销社的故事，她学商业应该错不了，说不定以后能赚大钱呢。”

妈妈反问道：“赚什么大钱？现在供销社哪儿去了？我赚钱少，也没让你们饿着，要不是我当年坚持上高中考大学，现在我们还住在乡下。”

“没有了供销社，超市不是满大街嘛，吃的用的，总归是要花钱去买的，研究这个有什么问题啊？”

“学什么专业将来不能转行做销售啊，偏偏在大学里学这些虚头巴脑的东西。”

“一点儿也不虚，我们也要学经济学、管理学、心理学、法律，甚至数学和计算机这些学科好吧。你让我学医，可我根本坐不住，一想到十几年后才能赚钱，脑袋都要炸了，那时我都三十几岁了。你让我自己选专业吧，我向你保证，从大四起就可以经济独立了。”

子涵没说错，她从大三起就开始自己赚钱了。她做的是互联网社群营销，学校里最不缺的就是人嘛，许多商业机构看中的就是粉丝量，子涵拥有若干个公众号、视频号，上百个微信群，价值就体现出来了。赚到零花钱，她首先想到的是外婆，外婆年纪大了，没怎么出过门，应该接她来北京看看。

子涵是个很用心的人，预订机票、酒店，吃饭、住宿、交通，每个细节都考虑得清清楚楚的。可外婆有自己的主意，总是将她的安排打乱。这不才第二天，子涵带外婆去吃烤鸭，就有了开头那一幕。每一代人都有自己的焦虑，外婆年轻的时候担心的是生存问题，妈妈当年顾虑的是社会地位，而到子涵这一代，她追求的是与一线城市合拍。虽然时代不同了，子涵从小县城到北京上大学，也经历了“一年土，二年洋的过程，当下是第三年，她要通过创业赚钱彻底融入北京，最终扎下根来。外婆似乎还停留在20世纪，而她一只脚已经踏上了21世纪20年代的“高铁”，她们的认知差距已然一日千里。

"有辣椒吗？"外婆又绕过子涵直接跟服务员对话了。

"您稍等啊。"

"酸菜有吗？"

"有泡菜，这就去拿啊。"

服务员离开后，子涵埋怨道："外婆，吃烤鸭要什么辣椒啊，就不是这个味道了啊。"

外婆说："没辣椒怎么吃饭？"

子涵继续讲："我们来到一个地方，就要学会品尝当地的美食。都按照家里做菜的标准来评判，我们还出来吃干吗？中国有八大菜系啊，北京菜里最有名的就是烤鸭了，你还要放辣椒，这就不是北京的味道了。"

"这个餐厅也太贵了，两个人吃饭要三百多。"

"外婆，你小声点儿，给人家听见说我们小家子气。一般在这种餐厅吃饭，一个人也得三百多元，我们这是套餐，所以便宜很多了好不好。花点儿钱没关系的，我们就是来享受的，等下我们出去玩，也别坐公交了，直接打车。要是怕花钱，我们出来玩干吗？待在家里就好了啊。你都大老远坐飞机来北京了，安安心心吃好玩好就行。钱的事情你不用管。"

"你一边上学一边打工，现在一个月能赚多少钱啊？这一下子都花完了。"

"外婆，我不是打工，不是刷盘子也不是做家教，这叫大学生创业。现在赚到的钱虽然不是很多，但也肯定够我们这次花销的啊。"

"你昨天不是说还有一笔钱没到账吗？"

“我给别人打电话碰巧被你听到了而已。你不用管这个，钱肯定会到账的，今天不到，明天肯定到。不该你操心的事，你就当作没听到。”

“我担心你被人骗啊。”

“你要是没来北京，会知道这些吗？就别操心了，安安心心玩不行吗？我一边要做事，一边还要怕你担心，这不更累了吗？”

外婆没接话，继续吃东西。过了一会儿，她想起刚才要的辣椒还没上来，于是转向服务员，问道：“我们的酸菜呢？”

服务员：“我去催催。”

“还有辣椒呢？”

“我去看看。”

“辣椒和酸菜不是现成的吗？不用烧菜吧？”

“哦，不用的，不用的，可能是配菜的师傅忘了，我这就去拿。”

外婆音量大了起来：“你们这家餐厅服务也太差了吧，连个辣椒和酸菜都没有。在我们那里的小餐馆，辣椒啊，小菜啊，都是上来就摆在桌子上的，哪有你们这个样子的，要人家一而再再而三地要，我们是来吃饭的，不是来要饭的。”

服务员说：“阿姨，您别生气，我马上就去。”

子涵等服务员走远了，对外婆道：“我们是来享受的，不是来吵架的。吃个饭还跟人吵了一架，多没意思啊。你还是别说话了，我来跟她们说，好不好？刚才我们不是说好的吗，又没忍住啊？”

辣椒和泡菜端上来了，服务员再三道歉。

外婆一边将泡菜、辣椒和烤鸭卷着鸭饼一起吃，一边跟子涵抱怨：“以后不要来这家店了，烤鸭有什么好吃的，什么味道都没有，没糖没盐的，还这么贵，一只鸭子才多少钱，连鸭脚、鸭头都没有，这叫什么鸭子？”

子涵说：“小声点儿，小料里面有面酱和白糖，还有黄瓜条和胡萝卜，是自己加的啊。”

“我自己加，要厨师干什么？切一小盘鸭子皮要一百多块钱，黄瓜和萝卜还是生的，这家餐厅赚钱太凶了。”

“外婆，小声点儿好不好？”子涵央求道，几乎要哭出来了。

外婆终于不说话了，她认真地按自创的方法吃烤鸭。

子涵实在受不了，只好发信息给男友倾诉：

“在哪儿？”

“学校啊。”

“烦死了。”

“怎么啦？”

“外婆老是不听我的话。”

“哈哈，小时候你听外婆的话，长大了外婆该听你的话了。”

“不是。刚才我们来吃烤鸭，她说鸭子又贵又不好吃，还向服务员要辣椒和酸菜。”

“没关系，她爱怎么吃就怎么吃吧。”

“可我好不容易找了家正宗烤鸭店，想让她吃好点儿。”

“我没敢跟你说，其实去护国寺就挺好，干吗去那么高档的店？”

“不算高档好吧，就想环境好点儿，烤鸭正宗点儿，结果外婆嫌餐厅不够热闹，还在店里跟服务员吵起来了，说服务不行，烤鸭不好吃。”

“那么下次你请我去吃吧，哈哈，我保证只吃烤鸭，一句话都不说。”

“不请你吃。”

“本来说好今天带上我的。”

“明天带上你吧，估计你在场，外婆就不会多说话了。”

“好啊好啊，明天吃什么？”

“包子铺。”

“什么？昨天你不是说还要带外婆去吃聚宝源吗？”

“可以啊，那就聚宝源，不过先把那两千块钱还给我。”

“这么快？还没到一个月呢。”

“要用钱，现在先还我。”

“好吧。”

外婆是不会浪费食物的，不管是烤鸭还是送的冷菜、热菜，就连小料里的黄瓜条、山楂片都吃完了。子涵后悔点套餐了：“早知道就点个烤鸭，送个汤就结束了。如果外婆没先吃酥肉、凉菜和烧饼，就会觉得烤鸭好吃了。”

北京的餐厅菜量大，两个人的套餐足够三个人吃。子涵想，真应该叫上男友一起来。算了，明天吧。她一直在犹豫什么时候向家人公开恋情，按说外婆来北京，自己又开始赚钱了，是个好时机，可还没想好怎么开口。假如之前从来没提到过，男友就突然出现在餐厅，不好吧？还是今晚先跟外婆提提吧。

从餐厅出来后，外婆又阻止了子涵打车的想法："散步过去吧，你说的那个鼓楼，都能看得见啊。"太阳西落，天气也不那么热了，走路也不是不可以，再说这个时间点叫车也不太容易，关键多数司机也不愿意跑短途啊，子涵只好陪着外婆走路。

结果走到一半，外婆出状况了，说肚子疼，得赶紧找厕所。

"厕所？哎呀，刚才在餐厅环境那么好的洗手间干吗不去？现在上哪儿去找？"子涵免不了抱怨起来。如果今天男朋友也在，就出丑了，要不明天还是别带他了。

这一带都是胡同，没有商场和大型酒店，怎么办？子涵赶紧打开手机上的地图，查询公共厕所的位置。不查不知道，原来北京的公厕这么多。子涵找了最近的一间，小步快跑，终于将外婆送过去。

其间，她还跟胡同口摇蒲扇的大爷聊了几句。

"你奶奶？"

"我外婆。"

"老家哪儿的？"

"不是北京的。"

"我早看出来了，南边的吧？听说话就知道。在北京工作？"

"我还在上学呢。"

"挺好，外地能考北京的大学，成绩都挺好。哪个学校的？"

"不是清华北大。"

"呵，清华北大一年能在你们那儿招几个啊，不是清华北大也挺好。我这辈子还没进过大学校门呢。孙子上学那会儿，人家嫌我丢人，没让跟着去。小时候领着在这胡同里光着屁股乱跑呢，长大了，人嫌我不体面，上学的时候不让爷爷去学校，工作后不让爷爷去单位找他。你这个挺好，能让外婆来北京看你，还陪着到处逛，有孝心。”

子涵不知说什么好，含含糊糊地回应了几句。

外婆出来后说道：“终于找到蹲厕了。宾馆里的马桶，坐又坐不来，踩上去又打滑，不敢用。我问服务员有没有其他厕所，跑到一楼看，还是这种坐着的马桶。晚上回去我要问问宾馆边上有没有公厕，没有的话，我们明天就换一家吧。”

子涵一听，发现自己还是百密一疏，把这事给忘了，外婆在老家用的还是蹲厕呢，到了北京肯定不适应。到哪里去找蹲厕呢？似乎也只有这种胡同里的公厕了。为了将家里的蹲厕改成坐式马桶，子涵也不知道跟妈妈吵了多少次，妥协的结果是客卫保留蹲厕，主卧改成坐式马桶。她们也想过相反的方案，就是主卧不动，让给外婆住，改造客卫，这样大家都方便。但外婆不认可卫生间设在房间内，只好作罢。

看来，好的酒店对外婆来说也是负担，浴缸、马桶都用不上不说，还会带来新的风险，不如改在学校门口的快捷酒店吧，那里一楼大堂卫生间都是蹲厕，旁边的麦当劳也有。子涵想到这里，便同意了外婆关于换酒店的建议。

不管怎样，问题解决，祖孙两个都轻松了。对于子涵来说，还是刚才胡同口老大爷的一番话帮自己卸下了精神负担，北京的孩子也有同样的烦恼呢，大家都一样，就不叫烦恼。她们逛了什刹海、南锣鼓巷，一圈下来后，终于累了，外婆同意了子涵打出租车的建议，可这会儿偏偏等车的人太多，子涵只好领着外婆去地铁站，也好，外婆还没有乘过地铁呢。乘扶梯时，前面刚好是一对情侣，外婆扯了扯子涵的衣袖，耳语道："涵涵，你看人家都是跟男朋友一起逛街，你还带着外婆跑来跑去。"

外婆的话被前边的女孩听见了，人家回过头来瞧她。子涵忙拉着外婆的手说道："外婆，烤鸭好吃吗？"然后又低声道："别说话。等会儿上了车，我跟您说个事。"

外婆疑惑不解。想了半天，高声道："哦，今天的烤鸭还是很不错的。"

中年危机

中年危机是一个让人焦虑的话题，年轻人很难体会到。中年人好面子，不太会讲给年轻人听，老人们虽然乐意回顾，但过去了许多年的故事，很难复述得让年轻人易于理解。总之，只有自己身处中年时才能体会一二，况且每个人境遇不同，焦虑的重点不同，危机的严重程度也各不相同。

如果大家焦虑的点恰好一致，反而容易出现情绪传染："瑞贝卡失业了，两三年都没找到什么像样的工作，我好害怕像她一样。""哎呀，她得乳腺癌了，我们要不要去检查一下？""他们家凑钱买了学区房，可孩子还是没进那所名校，现在连按揭都还不上了。""我是个全职太太，最近老公被裁员了……"

有哪些常见的中年危机呢？容易想到的有：失业或职业发展不顺、身体状况亮红灯、孩子教育问题、老人赡养问题、老人健康问题、婆媳矛盾为代表的家庭矛盾、配偶出轨……总结一下，大多是跟钱、健康、亲人相关的问题。再简化一点儿，主要就是贫穷和疾病两个问题导致的中年危机。我们要聚焦的，乃是普通人的生活，普通女性在中年出现的生存危机。

某天，我接到一个女性朋友海燕的电话，她是一位"大龄单身女性"，在一家商业地产公司任装潢部主管：

“珊珊，我今年四十岁了。”

“我知道啊，前些天刚过生日。”

“我想说的是，可能……我的中年危机出现了，昨晚哭了一夜。”

“啊？怎么回事，因为什么？还是上次说的工作中的问题吗？”

“嗯，是的。之前小半年，感觉领导们都不太搭理我，其他部门主管说话的语气也没那么客气了，然后下属也蠢蠢欲动，总之过得疙疙瘩瘩的。但我部门的工作都按时按量完成了，也没觉得有什么大问题。可昨天上午，公司突然任命了一个老跟我作对的下属做副职，分管一块最重要的业务，还直接向老板汇报。要知道，之前我们公司里除了副总，部门里从来没有出现过副职，你说，这不明摆着想要逼我走了吗？”

“啊？你确定是这样吗？”

“不只是我自己这么想，整个公司的人都议论纷纷，都在传我要走了。行政部唯一靠得住的，平时也跟我关系比较好的王莉，昨天晚上一起吃了个饭，她说每次公司有部门经理要走了都是这个氛围，老板不会直接叫人走的，都是逼着对方辞职。”

“嗯，是个问题，如果老板有其他安排的话，一般会先跟你谈谈，叫你不要多想，这样至少还能干闲职待上一两年，什么都不沟通就很不正常。”

“所以昨晚也不知道怎么了，流了一晚的眼泪。好多年没哭过了啊，一份工作而已，不知道怎么就承受不住了。我在这家公司十多年了，在上海稳定下来后就没换过地方，为了住得离公司近，我一直租房子住，就想好好发展，将来多赚点儿钱买个公司边上的房子，可是房价太贵了，每年赚的钱都跟不上涨幅。现在我太后悔没在上海限购前去郊区买套房子了。这么多年来，其实我从来没觉得生活有什么难处，在上海没房子也要让自己过得好好的，一个人住一百平米的大房子。上海女孩子有的名牌我都有，只不过人家是男朋友买，我是自己给自己买，平时还是挺自豪的。大家常去的日料店、西餐厅我也常去，别人出国旅行我也跟着一起去，最近几年回家都跟公司其他部门主管一样改乘头等舱了。但现在想起来我真是太傻了，我一个在上海没有家、没什么经济基础的女人，干吗跟着别人高消费啊？你说得对，现在的男人都现实得很，相亲的时候也要看女方有什么，也许这些年来的相亲对象中，就有人看见我一身名牌反而吓跑了。这些行头看起来靓丽，实际上什么用都没有，我真的不知道还能找什么样的工作，真是一点儿准备也没有。如果现在辞职的话，我是没下家的，马上就没收入了，还有老家的房贷要还，我该怎么跟家里人说呢？”

“那就先忍着，再坚持几个月，找到下家再说。”

“太难了，坚持一天都难。在公司上班的每分钟都像坐牢，哦不是，像上刑一样。昨天下午最难受的时候，我想找个同事一起出去喝下午茶，却发现找不到。之前经常一起出去买咖啡的小伙伴们，现在连个眼神都不接。我感觉自己像个瘟神一样在办公室里游荡。现在才知道，这些人连普通朋友都不算，我在公司里的人缘并不好，之前怎么就没意识到呢。”接着她开始哭泣了。

“周末先休息两天，也许情况没那么糟，应该有一些同行业的公司可以去吧。”我安慰道。

“嗯，昨晚一夜没睡，我脑子里像放电影一样，一个一个地回想这些年来接触的同事和供应商、合作伙伴。他们原来对我客气是因为我跟老板走得近，但大家的交往都基于公司的圈子，哪怕一起出国旅行。工作上的顺手也是因为我代表了这家公司，我还真错把平台当能力了，离开这家公司后，这些供应商不会跟着我的，前段时间开始就不再献殷勤了。”

“这个没关系吧，你换家公司也就是换个平台，同样有平台的力量在后面支撑你跟供应商打交道，每个打工的人都应该是一样的。”

“可是谁会再雇用我呢？我已经四十岁了，手下很多人才二十多岁，感觉我能干的她们也都会。这次被提拔的那个死女人也才三十出头，她除比较让人讨厌之外，工作方面还很难让人找到缺点，整天跟打了鸡血似的，对付那些供应商很有手腕的。”

“也许老板就觉得你对供应商太温和了，要找个难搞的人来对付供应商。”

“可能吧，我都是抱着合作的态度，没想难为人家。我在这家公司待的时间太长了，我的每一项技能、每一个成绩都跟公司相关，所以我想不出离开公司后怎么开展工作……”

海燕遇到的中年危机很典型，就是即将失业，而且认为自己后续比较难就业。她之前并没有意识到自己抵御风险的能力比较弱，她是单身，就意味着将独自面对这一切，她父母年龄也大了，退休后收入较少，没有余力帮她。

“错把平台当能力”，这是海燕自己的总结，事实上她工作能力还是有的，只是在原来的平台上时间太长了，以至于区分不开哪些本事属于自己，哪些属于公司，还需要新平台来检验。我倒不认为海燕会找不到工作，而是很难找到像原公司那样“舒适”的岗位。当一个人在一家公司工作十几年，确实会错把公司当成家。

相对来说更严重的是海燕的投资意识缺失，而消费能力惊人。上海这座城市的消费能力极强，而且领风气之先。上海这座城市有许多年轻女孩奉行消费主义，但到了海燕这个年龄还沉迷其中的不多。奢侈品能够划分人的社会阶层吗？当然不能，它只是社会分层的一种表象。可以说，海燕以奢侈品、租住大房子来包装自己，并没有带来多少收益，却使她失去了进入上海中产阶层的门票——至少一套住房。

海燕十几年前来到上海，当时上海的房价很低，也无限购措施，之所以没有买房，她总结过有两个主要因素：一是因为没有成家，没有购房的刚需。租住的房子什么都有，离公司又近，如果要她去郊区购房，会有一种天然的抵触情绪，她说过，“我来上海目的是享受都市的繁华，不是住在郊区体验每天来回三四个小时的路途”。第二点，因为追逐时尚而花掉了大部分薪资，并且在上海限购之后买了一套老家的房子，而这套房子一直空着，导致仅有的一点儿积蓄没能发挥作用。

海燕的日常消费除了租住大房子，还包括出国旅行、高档家电、高档化妆品、名牌包包和衣服、高档餐饮、话剧、演唱会、画展等，可以说上海这座城市的繁华和时尚，她从未缺席。这些消费对有一定家底的女性没有任何过错，可海燕是一位从外地来上海打拼的单身女性，收入并不太高，对她来说代价就相当大。

四十岁的海燕在上海打拼了十几年，到头来才发现自己没有房产、没有工作、没有家人，中年危机呼啸而来，出现情绪失控是再正常不过的反应了。

当然，危机毕竟只是危机，还不是大结局，何况危中有机，海燕还有翻盘的机会。所以我只好这么安抚她：一件事物存在劣势的同时，一定也能找到优势。人们说年纪大的女性工作难找只是描述一种概率，并不意味着每位大龄女性都找不到好工作，四十岁的海燕有丰富的从业经验，而且是个部门主管，还是有一定概率在行业内找到能级相当的工作，万一不行还可以在原公司与对手竞争嘛，说不定能够卧薪尝胆、触底反弹，取得更大成功……房子方面，虽然错失了十几年的购房良机，只要工作能稳定下来，后续将老家房子卖了当作首付，在上海的远郊买套房子也不是不可能……另外，海燕在上海的十几年生活经历，也一定会塑造她对于时尚的认知，对她将来的工作还是有用的……

说着说着，发现电话那头传来了鼾声，我不禁感叹道："嗨，这个没心没肺的女人，害得我替她瞎操心……"

中秋夜话

中秋时节真好，白天阳光强烈，视野清晰，夜晚却有些凉意，空气干爽，风中还送来些许瓜果的清香。难得这么安静，别家都在团圆，举杯邀明月，只有我在电脑屏幕前码字，辜负了窗外的无边风月。

我又写了五百字，注意力开始涣散，需要休息一会儿。手机上不断跳出各种祝福信息，看不过来，更回复不了。屏幕上满是红点点，热闹非凡，朋友圈更像是浮世绘，美酒佳人，一派开元盛世的景象。

此时突然来了一个电话，来电者是一位久未联系的朋友文欣。

“珊珊，没打搅你吧？”

“没有，我刚写了点儿东西，正要休息一会儿呢。”

“这个时候我没敢给别人打电话。我刚刚翻看了你写的书，就是那本《单身十年》，你书上写，情人节还在听一个护士女孩子的倾诉，然后写成了故事。所以就试着给你打电话。”

呵，难道我写了《单身十年》，就要一直孤独下去？凭什么就认定我是一个人在过中秋？正想抗议，她却继续道：“我也讲讲我的故事吧，有些内容之前你已经知道了，但没说全，不妨听我从头讲来，这样更完整。”

既然有故事，我就不生气了，小说素材可比中秋月饼更有吸引力，有养分没糖分，听了不会发胖。我立即回复道："好啊好啊，我正在写一本新的女性主题书呢，也许你的故事将会是最精彩的一个。"

"那倒没有，我的故事还是比较普通的，没什么狗血剧情，呵，不一定会很吸引人，只是说，对涉世未深的小姑娘们来说有一定借鉴意义。

"事情要从二十年前说起，那时我和建国还在上学，算是情窦初开，我们一次恋爱就成功，一直到现在。

"我们那所学校，搁现在就是一所职业学校，没几个人认真读书。所以呢，后来从事的行业，拿现在的话来说就是低端行业。比如我们第一次创业做长租公寓，其实就是从跑腿的房产中介做起的。"

我简短地插了一句："那也不能这么说，很多地产大佬都是这么起家的。"

"我们毕业时觉得上海机会多，结果来了之后找不到什么像样的工作，进了一家中介门店做房产销售。因为年轻，我被安排在了租赁部门。卖房的事我从来都没做过，一直都是做租赁，主要工作是给科技园区的白领找房子。通过一年历练，我们发现这个市场很大。这些白领真的很懒，或者说不愿意在这上面花时间，他们需要精装修的房子，甚至连卫生也不想打扫。你知道，IT工作经常是996，哪有时间关注生活琐事？正因为如此才有了我们的机会。所以打工一年后，决定自己做。

"做法就是低价拿进来一些房源，统一装修，配置家具家电，然后再转租出去。第一年做了十几套房子就开始赚钱了。后来我们去日本旅行时才知道这叫长租公寓，于是在东京考察了一周。回来后到处借钱，成立公司，扩大规模，按人家日本的方式去做。我负责财务和HR，建国管房源、装修、销售等，一步一步就把公司做起来了。当时也遇到很多具体困难，不过事情太琐碎，时间长了就忘了。

“我们算是创业很早很顺利的，不到三十岁就赚到人生的第一桶金，在陆家嘴买了自己的房子，早早结婚生子。等到公司里人手多了之后，我就在家做全职太太。

“我是法人，刚开始公司的账务还会看一看，并不觉得和社会有多大脱节，二宝出生之后，事情就太多了，我彻底把公司业务交给建国打理。没过多久，我就发现自己好像有点儿抑郁，建国当时也很紧张，就请了阿姨住家，让我多参加一些社交活动，所以后来才去读了那个研修班。

“本来想拉着建国跟我一起去，结果他对这个没兴趣，说开公司重要的是搞钱，什么理念啊哲学啊，学多了反而没什么好处。其实不是那样的，人家大学教授的理论，还有那些总裁的公司做那么大，做到上市，肯定比我们这种小公司更有想法，商业运营的东西肯定是要去学习的。

“总之，就是时间长了，对比一下就觉得他那些工作方式啊，思路啊，特别不上路。还有，你知道吧，人家谈商务都是高尔夫、帆船、马拉松什么的，他陪客户就打牌啊，喝酒唱歌什么的。我觉得特别俗气，他自己还解释成接地气。什么接地气啊？土得掉渣，都低到地板上去了。你说，那些唱歌喝酒的地方还有陪酒的女人，能有什么好事吗？

“后来两个人话越来越少，越来越不投机，不多的几句话还主要是争执。唉，我以为，三十多岁的人都这样，开始也没当回事。直到发现他那些乱七八糟的事，之前跟你提到过，我都懒得讲了。这时我跟他商量，想对换位置，把公司拿回来自己做，他死活不同意。我尝试过去办公室夺权，不过同样没成功，毕竟离开公司时间太长了，员工跟我不熟，都把我当作老板娘，而不是老板。

“有时我甚至想鱼死网破，跟他离婚，将公司的股份拿走一半，看他怎么办。不过闹过之后冷静想想，还是不行，这样公司不就垮了嘛，两个人分开后什么都没有了。我们那个行业，其实利润是很薄的，经不住分家折腾。

“再往后，就是你知道的，我想另辟蹊径，做点儿其他方向的事业，比如女性商业、读书会、首饰定制、服装，这些都想过，有的还投了点儿钱去尝试。”

文欣做读书会，我是知道的，也做过首饰，当时以为她只是玩玩，没想到真把这些当作创业方向。还有什么女性商业的组织，我劝过她别参与，因为层级营销很容易让人想到一些不好的东西。

“新的方向哪这么容易啊？隔行如隔山，各行各业都坑太多。”我听了半天，只插了这么一句。

“是啊，但我没有别的办法，得有自己的事业，有自己独立的收入。家里倒是不缺钱，平时我也不着急，慢慢来，但也可能由于这个原因，一直没什么实质性的进展。就是每次想到他在外面还有那些事，我便怒不可遏，恨不得立刻跟他一刀两断。”

“别着急，千万别在生气的时候做重大决定。”我说道。

“作为女性，要做到这点还真难，我算是很克制的了。其实他能乱来，我也不是没人喜欢，还没到四十岁，谁还不会找点儿外遇啊？哼。”

“啊？用不着这么对抗吧？”

“我说的是真的，不管是在研修班，还是最近接触的合作伙伴，都有人一直向我示好啊，玩暧昧啊。估计建国也能感受到，可是他一点儿反应也没有。所以，今后我但凡有能力闯出来，一定跟他离婚。说实话，我对他还不只是审美疲劳，内心同样是嫌弃得很。晚上躺在一起，什么感觉都没有，你知道吧？真的是一点儿想法都没有了……他还打呼噜、磨牙、翻身，跟头猪似的，所以我们前两年就分房睡了。真不知道男人到了中年都这样，还是就他这德行。”

人呢，要想让自己不被人讨厌，就得不断修炼自己，提升自己。将来年纪大了，没那么可爱了，别人还会觉得你很有涵养，非常有气质。

“没错。我应该算是一个自省的人，总是生怕有什么做得不对的地方影响了别人。而建国呢，他年轻时其实是很瘦的，干干净净没什么毛病；现在呢，就是一个粗放老男人，活成了我年轻时最讨厌的那副油腻大叔模样。晚上睡不着觉时，我看见他那张大饼脸，还有胡子邋遢、歪着嘴打呼噜的样子，就气不打一处来，想一脚把他踹下去。你说，我怎么能容忍枕边的男人活成这个样子呢？所以，坚决分居！”

“他也不去健身或者注意一下个人形象管理什么的？好歹也是个老板啊。”

“没有，什么有约束的活动都不愿意参加，什么足球啊，跑步健身啊，都没有，整天就会喝酒唱歌，唯一的爱好是打牌，一坐就是一整夜，你说这样能没啤酒肚吗？能不邋遢吗？”

“是有点儿，让人糟心。”我只好顺着她说。

“我一定要跟他离婚。也一定要改变自己，才有能力摆脱现在的处境。而且我相信一定还能找到更好的男人，一定还会有人来追我。这辈子不可能就这么算了，几年来不断地找各种机会，就是想赚到钱，还有帅气的男人陪着我。

“上次跟你提到的那个女性读书会，我打算拿下她们在上海的代理权，接触了一段时间后，我觉得可以放手一搏。”

“那么是要投钱吗？”我担心地问道。

“钱是肯定要投的，不过加盟费可以兑换成她们的会员账号，这些账号卖出去还能把钱赚回来。一般来讲每个区域一家代理，大的城市两到三家，人家要确保市场不被垄断，有竞争有活力。”

“相当于包销一定数量的产品了。”

“没错，相当于包销。”

“可这些产品都是虚拟的，不能吃不能喝的，风险有点儿大吧？”

“能吃能喝的产品没风险吗？就算是一百万的可乐，我也不可能自己喝掉吧？也得想办法卖掉，道理是一样的。”

“话是这么说，可卖会员卡和卖食品，感觉还是不同，对消费者来说有刚需与否的差异吧？”

“哎呀，小姐姐，赚钱不一定要做刚需，金融、理财、健身、上研修课，这些哪个是刚需啊？现在的社会，刚需的概念已经很模糊了，吃穿住行，也分等级，可乐也不算刚需啊，喝水不就行了吗？做餐厅是不是刚需？难道不能在家做饭啊？不能自带便当去上班啊？能抓得住的需求，就是刚需。抓不住的，也白费劲，种大米卖不出去的也多得是。”

文欣这段话让我一时无法反驳，何况也不想反驳。听她话里的意思，说不定已经掏钱或者签合同了，我再劝说，她反而进退两难。

“我交大研修班上的同学，大约就能帮我卖出一百个会员，他们还可以自己听啊，或者给他家人听。”

“他们真会买吗？记得我第一本书出版时，朋友圈很多人都说要买，真等到书印出来上架销售了，就有人各种推辞。熟人营销这东西，要么强关系帮忙，要么就别指望了，朋友圈这种弱相互关系，还不如线上陌生客户有效。消费类的产品还得靠市场，对社会公众做市场营销，熟人就算了。”

“女性读书会的会员不一样，它就跟化妆品直销一样，你不能指望大家看了App和公号文章就自己买下了，得有人推荐，搞圈子营销，病毒感染式营销，一个牵着一个，而且每个层级上的人都有收益啊。”

“啊？这不成了……”

“没错，类似……‘直销’。总之，得靠很多人来口口相传，没有强力的‘地推’是不行的。我那个研修班的同学，基本上都答应帮我忙了。”

“也包括上次你说的那个……态度很暧昧的？他买多少个会员？”

“他说直接买五十份，要不我怎么说班上就能消化一百份呢。其实我要他买一百份也没问题，也就二三十万而已。”

“那还是蛮大方的。”

“那是，这个时候最能考验一个人了，暧昧不暧昧，有没有真情实意，就看这次行动了。其实，对他来说，要消化掉这些会员一点儿难度也没有。他作为一个企业负责人，手下几千号人，推销也罢，作为福利也罢，总之几十到一百份绝对没问题的。”

“真厉害，听你这么一说，我觉得你还真有些朋友圈营销能力。”

“那是。不过你也要帮我忙的，不用像他们一样先付款给我，就帮我朋友圈里面发一发就好，你的朋友圈里那么些人，都是有一定实力的女性，购买力强。你至少要帮我卖出二十个会员，明白吗？嫌麻烦的话，让有兴趣的人直接联系我也行。这个忙一定要帮哈，我这次创业成功与否，还有未来的幸福，全在你们这些亲密小伙伴身上了……”

听到这里，我感到压力颇大，不禁有些紧张：她的幸福，就在我的朋友圈里……听了她这么多故事和隐私，又怎能拒绝？如果不帮忙发布信息，不去推销她的读书会会员，便有愧于她了，会直接导致她的事业失败……

啊！我终于如梦初醒，没想到这还是一次彻头彻尾的推销，我得到的只是个矛盾冲突不太强的故事，却被要求做面向熟人的网络营销。这，怎么可以？

后面的聊天，我完全不走心，对于她的隐私，也兴趣顿无。相互说了些什么，也完全记不住了……只感觉我的人生，被偷走了一个小时，甚至更多。

可是，文欣确实是我的朋友啊，虽久未联系，能因为推销会员的事就彻底否定她吗？好像不行。我的意志也开始模糊了……